ユーリ
ドナ

オーデル
クドル
アドン

酒精霊
マーシャ
『あぁ……何て素敵……
もう以前の生活には戻れないわ……』

転生者は世間知らず

～特典スキルでスローライフ！
……嵐の中心は静か――って、
どういう意味？～

唖鳴蝉

ぶんか社

CONTENTS

プロローグ　終わりからの始まり

「まぁ、こちらにも業務上の規約とか内規とかがあって詳しくは言えないんだけどね、結論だけ言うと、君には異世界……君たち風に言えば剣と魔法の世界に行ってもらうことになったから」

「はぁ……」

　ベッドの上で困惑した声を上げているのは一人の男性。

　その彼が向き合っているのは、何も無い空中に悠然と腰を掛けている不可思議な人物であった。

その身体は現実的な色彩を纏《まと》ってはおらず、ホワイトアウトしかけたかのような……とにかく、妙に白っぽい感じがする。喋《しゃべ》り方は男性のようだが、声からは男性とも女性とも判別が付かない。案外、性別などという俗っぽいものとは無縁なのかもしれない。そもそも宙に浮いている時点で、一般の人間とは違うことが確定しているし。

　ラノベなどでは定番の展開なのだが、いざ自分の身に起きてみると、やはり冗談としか思えない。ただ、悪い冗談でないのが救いである。

「薄々気が付いているだろうけど、このままだと遠からず君は死ぬ。別に我々としては君の生き死にに拘《こだわ》る理由はないのだが、好い按排《あんばい》に異世界行きの人員募集が掛かっていてね。君の存在を向こうに動かせば面倒が無いのだよ」

　身も蓋《ふた》も無い理由ではあるが、確かに自分にとっても益のある話だ。断る理由はどこにも無い。況《ま》して……

「全く別の世界にいきなり放り込むのも何だし、多少の希望は聞いてやれる……いわゆるチートというやつだね」

こういう話を聞かされて、心が動かないわけがない。

……ただ、旨《うま》い話を手放しで喜ぶには、些《いささ》か年を取り過ぎてもいた。

「一つ確認を。私は生贄《いけにえ》としてその地へ行くのでしょうか？　それとも、何らかの代行者、あるいは道具として……？」

「ふむ……生贄ではないな。どちらかと言えば後者になる」

「つまり、私が向こうの地へ行き、そこで活動する事がお望みだと？」

「そうだな」

「つまり、私が彼《か》の地で早々に死ぬ事は、望んでおられない？」

「無論だ。それなりの手間を掛けて行ってもらうのだからね」

「言い換えると、私が向こうで生き延びる事は、何よりもまず神様のご意志であるという事ですね？　私ごときの卑小な願いに拘《かか》わらず？」

「そう……なるな……」

神と覚《おぼ》しき人物も、この辺りで何やら風向きがおかしい事に気付いたようだが、既《すで》に言質《げんち》は取られた後である。

「と、いう事は、私が生き延びる事に関わる能力は、全て神様が保証して下さるという事で宜《よろ》しいですね？　チート云々《うんぬん》とは関係無く？」

――してやられた、という表情が浮かんだが、今更取り消す事もできない。神の言葉とは、そう軽いものではないのである。

「そう……だな……」

「ありがとうございます。それでは、チート云々よりまず先に、私が生き延びるための要件を片付けてしまいましょう」

――どうやら長い夜になりそうだ。

神は心の裡《うち》でそう嘆息し、同時に少しだけこの代行者を頼もしく思ってもいた。

＊＊＊

「まず、身体的な能力……というか、最低限健康である事が必要です。単独で向こうへ行くのであれば、食糧を得るための能力も。あとは言語の能力ですか」

「その辺りは心配無用だ。これまでにも幾度か同じような事をやってきたのでね」

「ありがとうございます。それでは、食べられるものを正しく選び取るために、【鑑定《かんてい》】かそれに類する能力が必要となりますが？」

「承知している。過去にもそういう要求はあったからね」

……尤《もっと》も、嘗《かつ》てそう要求した者は「チート能力」として【鑑定】を要求したのだが、目の前にいる者はそれ以前の必要条件として要求している。時代が変わったのか、それともこの者の言い分が正しいのか……。

「あと……向こうの世界では、私のような転生者、もしくは転移者は多いのですか？　私が転生者もしくは転移者と知られた場合の事ですが」

「ふむ……確かにそれは面倒な事になるかもしれん。少ないとは言え、【鑑定】の能力を持つ者も彼《か》の地にはおるしな。……解った、【鑑定】を誤魔化すためのスキルも与えておこう」

転生者用に開発したユニークスキルに、確かその手の機能もあった筈《はず》だ。デフォルトで与える予定のスキルだが、願いを聞いた事にしてやるくらいは、ちょっとした茶目っ気の範囲だろう……決して意趣返しなどではなく。

「ありがとうございます。それと……擬装繋《つな》がりで、身を隠すための能力と、気配を察知する能力も戴けないでしょうか？　なるべくなら、無用な諍《いさか》いは避けたいのです」

「むぅ……確かに……生き延びるための能力には違いないか……」

次第に増える要求項目に呆《あき》れはしたが、要求の理由は筋が通っている。些《いささ》かの興味を覚えつつ話を聞いていた神であったが、続いての台詞《せりふ》には少々驚かされた。

「【鑑定】はともかく……【収納】もか？」

「初めて行く場所なんです。いつ、どこで、何が、必要になるのか解りませんから」

「それは……そうか……」

この強突張《ごうつくば》りめと思いかけたが、聞いてみるとその言い分にも一理あるような気がする。ここは試しに話に乗ってみるのも良いだろう。

「……解った。椀飯振《おうばんぶ》る舞《ま》いの気がしないでもないが……付けてやろう。ただし、彼の地においてもここまでのスキルを持つ者は稀《まれ》だ。妄《みだ》りに触れ廻るのは止《や》めておくのだな」

「ありがとうございます。肝に銘じます」

「それだけか？」

「そうですね……基本的な要件としてはこれくらいかと。あとは、戴けるという『チート能力』になりますか」

「……よかろう」

既に〝毒を食らわば皿まで〞という気になっていた神は、もはや何でも来いという様子で頷《うなず》いた。

「私事になりますが……身体がこうなってからというもの、田舎でのスローライフというものを体験してみたいという想いが募るようになりまして……」

「……スローライフを楽しむための能力か？」

てっきり俺TUEE系の無双能力を希望すると思っていたが、予想を外されて意外の念に打たれる。しかし、目の前の男の半生を考えてみれば、それも無理のない要望かもしれない。だが……

「……スローライフに向いたチート能力とは何なのだ？　【鑑定】【収納】【察知】に【隠身】は既に与えたぞ？」

こういう仕事をするに当たって、神も事前に地球の「ラノベ」というものに目は通している。転生した主人公がスローライフを望む話もいくらかは読んでいる。ただ……そのスローライフに必須の能力というのが、今一つ思い浮かばない。と言うか、必要そうな能力は既に与えている。

他に必要になりそうな能力と言えば……【錬金術】と【調薬】、あるいは【鍛冶《かじ》】ぐらいか……？　それとも、【従魔術】【召喚術】【死霊術《しりょう》】といった使役系か……？

しかし、目の前の男はそれらを柔らかに否定して……

「実は、農業というものに興味がありまして……まだ病に倒れる前の子どもの頃に、親の家庭菜園の手伝いをした事がきっかけで……」

「農業だと？」

するると、必要なのは木魔法か？　いや、それとも作業員代わりにゴーレムか？

「植物の生長に必要なのは水と土、あとは光と闇だと思います。そこで、低いレベルで結構ですので、これら四つの魔法を戴ければと……」

男が光の他に闇を挙げたのは、光合成は明反応と暗反応の二つの反応系からなると、生物の授業で習った憶えがあったからだ。ただ……男がこれから行く世界における光魔法と闇魔法は、男が想像しているものとは少し違っていたのであるが。

「……木魔法は要らぬのか？」

「そこまで魔法でやってしまうと、楽しみが無くなってしまうので」

「……なるほど？」

【水魔法】【土魔法】【光魔法】【闇魔法】。いずれも確かに有力な魔法には違いないし、取得した者も少なくない。ただ……家庭菜園用のスキルとして望んだ者は、後にも先にもこの男くらいではないか……？　特に後の二つ。

光魔法は光を、闇魔法は闇を、それぞれ利して戦う魔法であるが、それが家庭菜園とどう結び付くのだ？　それとも家庭菜園とは別に、安全保障のために取得するのか？　それなら話は解るのだが……まぁ、欲しがるのなら与えてやればいいか。

——ちなみに、光魔法とは光を利して戦う他に、回復・解毒や除霊・浄化など、状態異常の解除なども得意としている。対する闇魔法は闇を利して戦う他に、状態異常を与える技術も包含している……と言うか、寧《むし》ろそちらの方が得意である。

どちらにしても、光合成や家庭菜園とはあまり関係の無さそうな魔法であった。しかし、神たる者がそんな些事《さじ》まで一々気にする筈もなく……

「……解った。素《もと》よりこちらが言い出した事だ。それらの魔法を与えておこう。他にはないか？」

「あ……でしたら、私が行く場所なのですが……」

「む？　何か望みがあるとでも？」

「はい。恥ずかしながら病床生活が長いため、人付き合いに自信がありません。できれば、最初からあまり大勢の人間がいるところはご勘弁戴きたいのですが……」

「むぅ……」

男は気楽に言ってくれるが、実はこれこそ大難題であった。

何しろ、男の望みは農業生活。それなりに条件の好い環境が必要になる。しかし、そういった場所は既に開発の手が入っており、人気《ひとけ》の無い場所を探すのは難しい。

暫《しば》し考え込んでいた神であったが、やがて心当たりがあったのか、顔を上げて男に答えた。

「……解った。計画に少々手直しが必要だが、君の希望は叶えてやれるだろう」

「ありがとうございます！」

喜色満面といった体《てい》で、男が感謝の言葉を述べる。

「では、これでお別れだ。彼の地での君の人生に幸《さち》あらん事を」

「色々とご面倒をお掛けしました。……こちらでの私はどうなりますか？」

「その身体は死ぬ事になる。苦痛は無いよ。君はこれまでの記憶と精神を持ったまま、向こうの世界に生まれ直す事になる。……あぁ、とは言っても、いわゆる転生とは少し違う。向こうに準備した身体《ハード》に、心だけが書き込まれる《インストールされる》形になる。身体の方は少々若返らせておいた。その方がお互い都《つ》合《ごう》が好いだろうからね」

「色々とお気遣《きづか》い戴いて、本当にありがとうございます」

「なに、構わぬさ。では、良き旅を」

＊＊＊

四月十六日、去来笑有理《いさらいゆうり》、長きにわたる闘病生活の末、市民病院にて永眠。享年三十七。男性。心不全。

第一章　始まりの廃村

1．廃村

軽い眩暈《めまい》から醒《さ》めたような感覚を覚えて辺りを見回すと、全く見憶《みおぼ》えの無い場所にいた。

子どもの頃の乏しい記憶は素《もと》より、今までに観《み》たり読んだりした映画や小説・漫画などの舞台とも違っている。何より彼《か》により、眠りに就《つ》く前は病院の個室にいたわけだから、ここが神様の言う「転生先」なのは間違い無いだろう。

激しく脈打つ心臓を、二度三度深呼吸する事で落ち着かせると、再度ゆっくりと辺りを見回した。

農業がしたい、人気《ひとけ》のない場所が好い、などと手前勝手な望みを吹いておいたが、神様はきちんとその願いを叶《かな》えてくださったようだ。なるほど、これほど条件に適《かな》った場所はそうそう見つからないだろう。


――廃村――


有理が現在いるのはそこであった。

（なるほどなぁ……）

確かに上手《うま》い場所に送り込んでくれたものだ。曲がりなりにも農村だったようだから、そこそこ農業に適した……と言うか、その見込みがあった場所なのは間違い無い。廃村になった理由が判らないのは不安要素だが、それは追々《おいおい》判るだろう。

また、放棄されてからそれほど年数も経っていないらしく、建物などはまだ充分に使えそうだ。

ただ、有理の感覚からすると、どの建物も随分と大きいようだが……？

（いや……違うのか……？）

ここで有理は自分の勘違いに気付く。建物が大きいのではなく、自分が小さくなっている。

改めて自分の身体を見直すと、どう見ても十歳前後に若返っているようだ。

確かに、少しばかり若くしておくとは言っていたが……

（神様からすれば、二十年や三十年は束《つか》の間《ま》なんだろうなぁ……）

子どもの身体でどれだけやっていけるのか不安はあるが、神様だってできると思ったからこの年齢にしたのだろうと思い直す。……手加減を過《あやま》った可能性を完全に否定できないのが不安だが……今更どうこう言ったところで始まらない。

（ラノベなんかだと、ステータスの確認から始めるのが定番みたいだけど……）

「まずは身の回り品の確認からかな」

試しに声に出してみる。何の不都合も無く発声はできたが、案《あん》の定《じょう》その声は高い。声変わり前と思われるが……

「……この世界にも声変わりってあるのかな？」

声変わりとは無関係に全員の声が甲高《かんだか》い世界だという可能性もある。大気にヘリウムが含まれているとか何とか。

また――正直考えたくもないが――転送だか転生だかに際して性別が変わった可能性も、無視はできない……

危機感を覚えて確認したが……性別は男性のままだった。一安心である。

気を取り直して身の回り品のチェックに戻る。

身に着けているのは粗末な衣服の上下。麻か木綿か能《よ》く判らないが、染めてない生成《きなり》の布でできている。上はやや長目のチュニックのようだが、丈が少し長いのは大人物《おとなもの》だからだろう。ダブダブのウェストの部分は、縄のようなもので縛ってある。ズボンは普通のズボンのようだが、ベルトの代わりにこちらも縄で縛ってある。裾《すそ》は折り曲げて穿《は》いているから、これも大人物を流用しているようだ。足に履《は》いているのは靴ではなく、革製のサンダルのようなもの。外れないよう革紐《ひも》で縛ってあり、昔の草鞋《わらじ》のような感じである。いずれも粗末ではあるが、不潔な感じはしない。

腰には短剣……と言うより剣鉈《けんなた》のようなものを帯びている他、ポーチのような革袋が括《くく》り付けてあった。袋の中を検《あらた》めてみると、おやつ代わりと覚《おぼ》しき木の実がいくつか入っているだけである。

あまりに貧弱な装備に危機感を覚えたところで、神様に【収納】を強請《ねだ》っておいた事を思い出した。

早速【収納】物を確認してみたところ、食糧や水袋、定番とも言えるポーションの他に、いくつかの小道具や素材っぽいものなどが仕舞われており安心する。

それらの中に混じって、一通の手紙があった。

2. 手紙

――初めて使う【収納】の中に、未開封の手紙が一通。

状況からすれば、神様からの手紙としか思われない。

一体何が書いてあるのかと怖々《こわごわ》手紙を読んでみたが、案に相違して内容は、有理が置かれた状況の補足説明。気配りのできる神様らしく、有理がこの世界で生きるに当たって知っておくべき内容を、事細かに記してあった。

（アフターケアが行き届いてるなぁ……）

有理は名も知らぬ神様に感謝した。うっかりとお名前を訊《き》くのを失念したが、宗派が判れば喜捨の一つもするべきだろう。

ありがたい神様からのアドバイスは多々あったものの、重要な点を列挙すると以下のようになる。

・この世界はフォアという。これは国とか大陸の名称ではなく、いわば「地球」のように、この世界全体を指していう名前である。

・一日や一年の長さ、度量衡の単位量などはほぼ地球と同じ――ちなみに、「一メートル」に相当する長さは「一メット」であるらしい――であるので、生前の感覚との誤差は小さい筈である。

・転生者の利便を考えて、自分のステータスを閲覧できるユニークスキル【ステータスボード】を与えておいた。これは自分のステータスを表示させ、必要な場合には表示を偽装できるスキルである。フォア世界においては、たとえ自分のものであろうとステータス値を確認する場合は、鑑定スキルか鑑定の魔道具によるしかない。ギルドが発行するギルドカードにはこの機能が備わっているため、それだけを目当てにギルドに登録する者も多く、ギルドの収入源となっている。

言い換えると、自力でステータスを――表示の偽装は無論――確認できるというのは極めて異例な能力なので、このスキルは表に出さず秘匿《ひとく》しておく事を勧める。

・一人でスローライフという有理の望みに鑑《かんが》みて、田舎暮らしに関する様々な経験を集約した、【田舎暮らし指南】という便利スキルを与えてある。一応これもユニークスキル扱いなので、秘匿しておく事を勧める。
・希望どおり【鑑定】のスキルを与えておいたが、これは対象物のステータス情報を読み取る、フォア世界では比較的稀《まれ》なスキルである。レベルが上がるにつれて読み取れる情報が多くなる。
なお、有理のような転生者の場合、【鑑定】で表示される情報に地球の知識が反映されるため、表示内容がこの世界の住人のそれより詳しくなる傾向がある。これについても注意しておく事。

また、【鑑定】のレベルを上げると、相手に気付かれずに鑑定できるようになるので、【鑑定】される危険を避けるためにも、平素からスキルを使ってレベルを上げておく事を勧める。
・希望どおりの場所に送っておいたが、農業できるだけの条件が揃《そろ》っているのに人気《ひとけ》が無いという背反条件を両立させるため、魔獣《モンスター》や野獣の跳梁《ちょうりょう》によって入植者が撤退した場所を選ばざるを得なかった。そこで、その場所で生きていくために最低限必要な能力を追加で与えておいた。具体的には、有理の身体機能を若干強化し最適化した上で、【火魔法】【風魔法】【木魔法】を与えておいた。
・【生活魔法】というのがスキルにある筈だが、これはこのフォア世界の住人の多くが先天的に保有している魔法なので、心配する必要はない。一般人の持つ程度の魔力でも行使できる、生活に便利な魔法群であり、着火《イグニッション》・浄化《クリーン》・点灯《ライト》・施錠《ロック》・解錠《アンロック》などから成る。簡単な魔法なので、他の魔法と違って習熟によるレベルアップは無い。
・【言語】スキルは、出会った相手の言語能力を解析し、意思疎通を可能にするスキルで、より多くの相手と出会うほど言語能力は高まっていく。このスキルに関しては、転生者の利便を慮《おもんぱか》って、最初からスキルレベル最大（【言語（究）】）で与えてある。これは他の転生者にも共通な仕様なので、気にする必要は無い。
　だが、逆に言えば転生者以外では珍しいスキルなので、これも秘匿しておく事を勧める。
・【収納】は対象物を異空間に収納するスキルで、このスキルを持つ者はフォア世界では稀である。収納空間の容積は、レベルの上昇につれて拡大する。収納された物品は、時間経過の影響を受けない。また、生物を生きたまま収納する事はできないが、オプションの「チルド設定」をオンにすると、生物の組織を仮死状態に保ったまま……要するに組織を死なない状態で収納する事ができる。これは、有理が作物の種子や球根を【収納】内に保管する場合を考慮して、新たに追加したオプションである。
・【察知】は術者の周囲にいる生物などの動き、或《ある》いは熱・生命力・魔力の流れなどを、周辺環境の変化として察知するパッシブスキルである。察知が有効な範囲及び察知できる対象の大きさは、術者のレベルに依存する。これに関しては単に物理的なサイズだけではなく、保有する運動エネルギーの大きさも関わっており、小石程度の大きさであっても高速で飛来するものは察知できる。
　自分のスキルについての説明に目を通した有理は、改めて自分のステータスを表示させてみようと試みた。心中で「ステータスボード」と念じたところ、眼前に半透明なウィンドウが出現する。説明によれば、このウィンドウは自分に見えるだけで、余人には見えていないというが……

名前：ユーリ・サライ　［去来笑有理《いさらいゆうり》］
種族：人間（異世界人）

性別：男
年齢：七
魔　力：１００
生命力：８０
筋力値：３０
防御値：２０
敏捷《びんしょう》値：１５
器用値：１５
知力値：３０
スキル：【生活魔法】【言語（究）】【鑑定（Ｌｖ５）】【収納（Ｌｖ３）】【察知（Ｌｖ５）】
【隠身（Ｌｖ５）】【水魔法（Ｌｖ３）】【土魔法（Ｌｖ３）】【光魔法（Ｌｖ３）】
【闇魔法（Ｌｖ３）】【火魔法（Ｌｖ１）】【風魔法（Ｌｖ１）】【木魔法（Ｌｖ１）】
ユニークスキル：【ステータスボード】【田舎暮らし指南】
加護：神々の期待

「へぇ……本当に表示されるんだ……あ、七歳になってる」

一気に三十年も若返った事に呆れ、そして些かのショックを受ける。

「若返り……って言うか、もう幼児退行だな、七歳まで遡《さかのぼ》ると」

（……体格とか体力とか、色々な感覚を修正する必要があるよね。尤《もっと》も、どうせステータスが変更になっているらしいから、一緒と言えば一緒か……）

この時、有理……いやユーリは、小さいが決定的なミスを犯した。

行き届いた神の配慮が却《かえ》って仇《あだ》となり、自分でスキルやステータスについて調べる事を怠《おこた》ったのである。【ステータスボード】の画面の端に表示される「ヘルプ」さえ開いておけば済んだのだが……

それが後々面倒を引き起こす事など、この時のユーリは無論、神にすら予見できていなかった。

3. 住居

神様からの手紙には、スキル以外にもユーリが転生した国の情勢や習慣、物価などについて、必要と思われる事が——いくつか抜けはあったが——細かく記してあった。

「……詳しいな。これだけで必要な情報はほぼ網羅されているみたいだ」

面倒見の良い神様に感謝の念を捧げると、徐《おもむろ》に次の行動に移る。【収納】の中に数日分の食糧が入っている——神様からのプレゼントだろう。改めて感謝の念を捧げておく——のは確認した。ならば、次に為《な》すべきは住居の確保だろう。

幸いにしてここは廃村。住宅の候補はいくつもある。その中で比較的傷《いた》みが少なく、住み易そうなものを選べばいいだろう。

＊＊＊

凡《およ》そ三時間にわたる選定の後、ユーリは村のほぼ中央にある一軒の家を我が家と決めた。傷みが少なく、井戸と畑に近く、周りに他の家があるため風が吹き込みそうにない、などが理由である。

その家は建坪《たてつぼ》こそ百三十平方メートルほどあるものの、内部は三部屋全てが土間。必要に応じて蓆《むしろ》か何かを敷いていたらしい。入り口に近い部屋に竈《かまど》が設《しつら》えてあるので、ここが台所と、恐らくは食堂も兼ねており、その奥の二部屋が生活空間だったようだ。天井には採光用の窓らしきものがあるが、閉じたままになっている。壁にも小窓があるが、無論の事ガラスなどは嵌《はま》っていない。いずれも木の戸蓋を外側に押し上げる方式の、いわゆる突き上げ窓、或《ある》いは突き出し窓というやつだ。現在は全て閉じたままになっているので、屋内は暗い。

便所は屋外の共同便所だが、ひょっとしたら「おまる」のような室内便器を使っていたかもしれない。ただ、それは残されていなかった。浴室は無く、必要に応じて土間で盥《たらい》か何かを使っていたらしい。便所はともかく浴室が無いのには我慢できなかったため、早晩建て増す事を決意する。

掃除道具などは残っていないため、屋内は大雑把《おおざっぱ》に片付けただけだが、それでも一応風魔法を使って、積もった埃《ほこり》は掃き出しておいた。最初は埃が舞って大変だったが、風を操るコツを掴《つか》んでからは、屋内に積もったゴミや埃を一掃するのに時間はかからなかった。最初に役立ったのがおまけとして貰《もら》った風魔法だった事から、スローライフを舐《な》めていたと反省するユーリ。役立ち方が掃除だということは——神様が知ったら呆れるだろうが——ユーリ本人は気にしていない。

雨漏りが無く隙間《すきま》風の入って来そうにない一隅に、【収納】内に入っていた毛皮——これも神様の心尽くしである。一体どれだけ気配り上手なのか、神様――を敷けば、当座の住処《すみか》は完成である。

「あとは……食糧はとりあえず携帯食料に頼るとしても、水の確保は重要だよね。井戸があったけど、使えるのかな？」

家の中に何か残っていないか、調べたいのは山々だが、暗くなる前に外回りのあれこれを確かめておいた方が良いだろう。中でも水の確保は喫緊《きっきん》の課題だ。そう考えたユーリは、家の傍《そば》にある井戸へと向かった。

……自分が「水」魔法を貰っている事は、綺麗《きれい》さっぱり失念したままで。

「う～ん……蓋もまだ壊れてないし、井戸自体は使えるみたいだけど……」

土魔法と水魔法を使って確かめた――水魔法を使っていながら、魔法で水を生み出すという発想に至らなかった理由は不明――感じでも、井戸の中にはちゃんと水があるようだ。……〝ようだ〟と言ったのは、現状でそれを確かめる術《すべ》が無いからである。

まず、この井戸はいわゆる「跳ね釣瓶《つるべ》」であり、左右非対称のシーソーのような横木の一端に石が、もう一端に釣瓶……井戸から水を汲《く》み上げるための桶が括《くく》り付けられている。石の重さで釣瓶を跳ね上げ、少ない労力で汲み上げられるようにしたものだが……

「桶が持ってかれちゃってるな……」

離村の際に持ち去られたらしく、横木の一端に括り付けられている筈の釣瓶が見当たらない。おまけに横木自体にも罅《ひび》が入っており、いつ折れるか判らない……まぁ、それだからこそ放って置かれたのだろうが。

家の隅には水甕《みずがめ》があったが、これにも罅が入っていた。こっちは土魔法で修復しておいたが、釣瓶の代用品は見当たらない。村全体を探し廻れば何か見つかるかもしれないが……

「そろそろ暗くなりそうな感じだし、やってる暇は無いかな。そうなると……」

ふと思い付いて、水魔法で井戸から水を汲み上げられないか試してみる。……相変わらず、魔法で水を出す事には思い至らないようだ。

「ビンゴ！　……けど、これって水魔法なのかな？」

井戸から汲み上げた直径五十センチメートルほどの水球を見ながら、これは本当に水魔法なのかと考え込むユーリ。まぁ、それはともかく水の入手には成功した。早速【鑑定】を掛けてみるが、有害な成分や微生物《びせいぶつ》の類は混入していないようである。どっちみち飲む前には煮沸消毒を……

「あ……鍋釜はおろか食器も無いんだっけ……」

とりあえず水球を家に運んで、台所の隅の水甕に入れる。そのまま水魔法で水を掻《か》き混ぜて、水甕の中に溜《た》まったゴミや汚れを洗い落とし、汚れた水は再び水球に纏めて……

「表に撒《ま》くのも何だし……裏に畑の跡みたいなのがあったから、そこに撒くとしようか」

洗い終わった水甕に再び水を汲み入れて、飲料水の確保が終わった。

「あとは……便所の手洗い用の水だよね」

便所は屋内には無く、外の別棟になっている。より正確に言えばこの村の外れ、それも井戸から離れた場所に共同便所がある。全ての家を廻ってみたが、屋内にトイレを備えた家は一軒も無かった。夜間などは携帯可能な室内用便器――いわゆる「おまる」を使って用を足し、中身を共同便所に空けていたようだ。

「小さい方は裏の畑で済ませてもいいけど……大きい方はやっぱり共同便所か。井戸の傍に作るわけにいかなかったのは解るけど……遠いんだよなぁ……」

　ブツブツと文句を言いつつも、現状で他に選択肢が無いためそれに倣《なら》う事にしたが、トイレット・ペーパー――代わりの葉っぱ――と手洗い用の手水鉢《ちょうずばち》が無い事に気付いて慌てる羽目になった。

　幸いに葉っぱについては、【田舎暮らし指南】の用語検索の機能を使って該当するものを探り当て、【鑑定】を使って補給する事ができた。家の近くに生えていたが、後から考えると、これはそれ用に植えられていたのかもしれない。

　手水鉢と貯水用の甕《かめ》については、該当する容器が見当たらなかった――離村に当たって持ち去られたようだ――のだが、土魔法で製作して事無きを得た。

「と言うか、ラノベなんかでは定番だったっけ」

　……トイレの手水鉢と水甕を作るのに活躍した……などという展開は無かったような気がするが。

　雨が降っている時に備えておまるを作っておくべきかと悩むユーリであったが、自分が持っているスキルの事に、もう少し注意を払うべきであった。――【生活魔法】の中にある【浄化《クリーン》】という魔法スキルに対して。

　このスキルは身の回りの汚れ物を清潔にするスキルであり、用便後の手洗い――ついでに尻拭きも――などはこれを使えば問題ない。保有者が多いとは言っても全員が持っているわけでもないので、共同便所の傍には尻拭き用の灌木《かんぼく》も植えられていたようだが、この国でも多くの者がこの魔法に頼っていた。魔法の存在しない世界から来たが故の見落としであった。そして……

「ざっと見たところ風呂桶も無かったし……入浴の習慣がないのか、風呂桶を持って行ったのか。……仕方ないからこれも土魔法で作るか。石鹸《せっけん》も欲しいけど……獣脂と灰で作るしかないか」

【浄化《クリーン》】の事など欠片《かけら》も念頭に無いユーリは、浴槽と石鹸の入手にも頭を痛めるのであった。

4. 防備

一夜明けて快晴の空の下に出たユーリは、今日一日の目標を決める。

食糧の確保を急ぐべきだとは思うが、それより先に安全保障である。何しろここは〝魔獣や野獣によって住民が追い払われた村〟なのだ。周囲に危険な魔獣や野獣が棲息《せいそく》しているのは確定である。ならばそれに対する備えをしておかないと、我が身の安全を保障できない。

故に本日の予定は自宅の、できれば村全体の防備を見直して再構築に着手する事、そのために使えるものが残っていないかどうか村中を見廻る事、この二つである。

……以前にも触れたが、この点に関してユーリは小さいが決定的な誤解をしていた。

その元凶は、神の手紙にあった〝……その場所で生きていくために最低限必要な能力を与えておいた……〟という一節である。

文章を書いたのは神であり、従って内容も神の視点・神の基準で書かれているのだが……ユーリは素直にその文章を読んで、自分の能力は「最低限」なのだと誤解していたのである。

先住者たちはこの危険な地で何年も暮らしていたのだ。当然、自分よりも強い筈である。なのに、そんな彼らを撤退に追い込んだほどの、危険な魔獣がここには棲息している……。自分ごとき「最低限」が、単身この場所で生きていくためには、どうしても重厚な防備が不可欠である……。

論旨の展開は間違っていないのだが、生憎《あいにく》と出発点となる前提条件に誤りがあった。

神は、〝そういう危険な魔獣や野獣とやり合っても大丈夫〟なだけの能力をユーリに与えていたのだが、根が臆病《おくびょう》なほどに慎重なユーリは、〝自分一人では到底そんな魔獣に太刀打ちできない〟として全ての計画を立てている。結論が不当なものになるのは避けられなかった。

ちなみに廃村周辺に棲息しているのは、確かにこの国でも有数に危険な魔獣や野獣ばかりである。

そして――神はユーリに〝そういう危険な魔獣や野獣とやり合っても大丈夫〟なだけの能力を与えている……


規格外の能力を持つ転生者は、己の能力に無自覚なまま、現代日本人の感覚と基準で村の防備を構築しようとしていた。

＊＊＊

廃村の周囲は木の柵で囲われていたようだが、今はそれも壊れている。

「ラノベだと土魔法で壁を造ったりするんだけど……」

村の範囲は結構広いので、村全体を新たな壁で囲うのには時間がかかるだろう。ラノベのチート主人公なら、有り余る魔力にものを言わせて一気に造るところだろうが……生憎と自分は「最低限」の力しか貰っていない――と、ユーリは思い込んでいる。

実際には並の魔術師に優に倍する魔力量を貰っているのだが、この世界の平均値というものを知らないユーリは、そんな事は思ってもみない。【ステータスボード】でヘルプファイルを開けば簡単に判る事なのだが……行き届いた神の手紙がここで裏目に出ていた。

当面の対策として、自宅の周囲――とは言っても住居一軒だけではなく、井戸や便所までも含む一画――だけを頑丈な土壁で囲んでおく。高さはとりあえず三メートル、厚さは五十センチほどにしておいた。壁を念入りに硬化させると、ちょっとやそっと叩《たた》いたくらいではビクともしない石壁ができあがった。扉も同じように造っておき、内側から閂《かんぬき》を掛けられるようにする。

「これで最低限の備えだけはできたかな……」

――グリズリーが体当たりしても壊せそうにないのだが。

「村全体を囲む壁は、追々造っていく事にしようか」

＊＊＊

「やっぱり碌《ろく》なものは残ってないな……」

武器を作るための素材が残っていないかと村の家々を漁ってみたが、めぼしいものは離村の際に持ち去られており、使えそうなものはほとんど無い。せめて棒でもあれば、手持ちの剣鉈を結び付けて即席の槍《やり》が作れるのだが……と残念に思っても、無い袖は振れない。況《ま》して刃物の類は――壊れたものすら――残っていない。せめて古釘《くぎ》でも……と思ったが、そもそも鉄釘自体がほとんど使われていないようだ。無理に引っこ抜くと家が壊れる恐れもあったため、これは回収を見送っている。それでも破れた古鍋などがあったので、土魔法を使えば再生や加工は可能だろう。

土魔法と言えば、ラノベなどでは錬金術と並ぶ無双スキルのように描かれる事が多かったのだが、案に相違して土から金属を抽出するような事はできなかった。元々そういう仕様なのか、それともユーリのスキルレベルが低いためなのか、この時のユーリには見当が付かなかったが、事実はその中間にあった。

フォア世界の土魔法は基本的に、混合物の除去ならともかく、化合物からの元素の分離は不得手である。例えば、鉄分を含んだ赤土から酸化鉄を集める事はできても、それを鉄に還元するような事はできない。それは錬金術か、或いは鍛冶の領分だ。尤も、土魔法を突き詰めればそれもできるようになるので、不可能とまでは言い切れないが、不向きである事は変わらない。

その一方で、既に製錬済みの鉄なら、それを成形する事は土魔法でも可能であった。とは言え、鉄に炭素を混ぜ込んで鋼に鍛え直すような事はできないらしい。

ただし……実はユーリが貰ったユニークスキル【田舎暮らし指南】は様々なお役立ち技術の集合体であるが、その中には【鍛冶】【錬金術】【調薬】の初歩のような技術も統合されていた。従ってこのスキルのレベルが上がったら、これまでつらつら述べてきたような事もできなくはないのだが……今のユーリにそれを知る術は無かった。

なので、あれこれ試した結果からユーリが武器として採用したのは、

「今のところは土魔法で作った棍棒《こんぼう》が頼りかぁ……一応先端は尖らせてるから、槍みたいにも使えるとは思うけど……強度が判らないのがなぁ……」

実際にはそこらの野獣程度なら十二分に通用するのだが、自分の力は「最低限」であると固く信じているユーリには、気休め程度にしかなっていないのであった。

5. 作物

住居の問題がある程度解決したので、ユーリはそろそろ心細くなりつつある食糧の問題に取りかかる事にしたのだが……こちらは思ったより早くその糸口が掴めそうであった。

「麦……だよね。小麦……いや、大麦かな？」

放棄された畑の跡地だと思っていたが……いや、それは確かにそうなのだが、栽培されていた作物が野生化して代を重ね、確《しっか》りと生き延びていたらしい。雑草に混じって明らかに作物っぽいものが、能《よ》く見ればそこかしこに生えている。

その中にあって既に穂を着けている、麦のような穀物を【鑑定】したところ、裸麦——実と籾《もみ》が離れ易い大麦の一変種——の秋蒔《あきま》き品種と表示された。しかも早生《わせ》のものらしく、もうすぐ収穫できそうな様子である。

それとは別に小麦も野生化しているようだが、残念ながらこちらはまだ穂を着けていない。

「う～ん……すぐにでも収穫できそうなのは嬉《うれ》しいけど……これだけじゃ量が全然足りないよね」

ここ以外の畑にも生えているかもしれないが、全て回収したところで、粥《かゆ》数日分にしかならないだろう。それよりは種籾《たねもみ》として使った方が良い。これは小麦など他の作物も同じだろう。村全体から収穫すれば、少しは食用に廻せるかもしれないが。

「ま、とりあえず種籾の確保はできそうだし、来年以降に期待かな」

来年の分はそれでも良いだろうが、問題は今年分の食糧である。せめて生き残っている作物の生育を助けようと、雑草を——念のために一々《いちいち》【鑑定】した上で——引っこ抜いていく。除草は農作業の基本である。

　雑草程度ならまだしも、畑――正しくは元・畑――のあちこちに灌木《かんぼく》が侵入して、作物の生育を妨げている。根が深そうなので腕力ではなく土魔法で引き抜……こうとしたところで気が付いた。どうも、村の中で栽培されていた果樹の種が芽を出して生長したものらしい。さほど大きくはないのだが、既に実を着け始めている。

「貴重な食糧には違いないし……安易に引っこ抜くのは考えものだな……」

　木魔法を使えば移植はできそうだが、麦の方を別の畑に蒔《ま》くという選択肢もある。とりあえず果樹の若木はそのままにして、明らかな雑草だけを抜いていく。

　そうやって除草を進めていくと、思ったより多くの芋が生き残っている事に気が付いた。前世では見た事のない種類だが、【鑑定】によれば歴《れっき》とした栽培種の芋であるらしい。畑の跡地に侵入して来た野生動物に随分食害されたようだが、建物や石の際など、ほじくり返しにくい場所を中心に、かなりな数が生き残っている。今はまだ芋も育っていないだろうが、世話次第では秋に結構な量が期待できるかもしれない。

　他には無いかと探していたら、雑草に紛れてニラだかネギだかの類が生えているのに気が付いた。盛りは既に過ぎていようが、年間を通して利用できそうな青野菜が見つかったのは吉報である。

「う～ん……当然と言えば当然だけど……生き残っている作物はあちこちに散らばってるな。このままだと世話が面倒だし……家の近くの畑を耕して、来年からはそこに纏めて植え付けるか……」

　生き残った作物以外の収穫は、一軒の納屋から見つけ出した小麦の袋だろう。種籾用に取っておいたもののようだが、【鑑定】したところでは既に発芽能力は失われている。しかし、食用としてなら何とかなりそうだ。

「けどなぁ……いかにも古そうで、あまり食指が動かないんだよね……」

どうしたものかと考えていたが、野鳥を誘《おび》き寄《よ》せる餌《えさ》に使えるのではないかと思い付いた。麦として食べる方がカロリー効率が良いのは解るが、古過ぎて食べようという気が起こらない。これがジビエに化けるというなら、寧《むし》ろそちらの方を歓迎したい。

「だけど……今は蛋白質《たんぱくしつ》より澱粉質《でんぷんしつ》……カロリーを優先かな。山菜で何か食べられそうなものがないか、明日にでも探してみるか……」

6．山の幸

翌日、逸出《いっしゅつ》作物だけでは必要カロリーを賄《まかな》えそうにないと結論したユーリは、不足分のカロリー源を求めて村の外に出る事にした。

村の敷地——壊れてはいるが木柵で囲まれた範囲——のすぐ外は、森林を伐り開いたのか原野になっている。阿蘇山《あそさん》の牧野に近い感じだが、草食性の動物が草を食《は》んでいるからだろうか、草丈はあまり高くなく見通しが良い。魔獣の奇襲を受ける危険性は低いようだ。いや、一応【察知】は貰っているが、どこまでの効果があるのか確かめていないのだから、不安要素は無い方が好い。

何しろ自分のステータスはここで生きていく上での最低ライン……と、信じ込んでいるユーリとしては、危うきには近寄らないのが一番である。

ユーリがこちらに転生（？）したのが日本時間の四月十六日。今がこの世界の何月何日なのかは判らないが、見た感じ春なのは間違い無いようだ。新緑が目に鮮やか……という事は、山菜の旬《しゅん》だという事でもある。カロリー源としては少し物足りないが、この際贅沢《ぜいたく》は言っていられない。そう思ったユーリが、片っ端から【鑑定】をかけつつ周りを見回していると……

《リコラ：日当たりの好い草原に生える多年草。夏に花茎《かけい》を伸ばして開花、葉はその後に展開する。鱗茎《りんけい》は澱粉質を含むが有毒成分も含むため、野生動物もこれを食する事はなく、そのため蔓延《はびこ》り易い。異世界のニホンではヒガンバナと呼ばれていたものに相当する。ニホンのヒガンバナは、鱗茎を水で晒《さら》して毒を抜き、澱粉を得る救荒作物として利用されていたが、リコラも同じように利用する事ができる。なお、異世界のチュウゴクでは、ヒガンバナの澱粉は、嘗ては防虫剤や製紙の際の糊料《こりょう》としても利用されていた》

　枯れた葉が地上に残っているのが、半ば偶然に【鑑定】に引っ掛かったようだ。お蔭で澱粉源の目処《めど》が一つ付いた。毒抜きの手間がかかるのは少し面倒だが……今は贅沢を言っていられる状況ではない。見れば結構な数が生えているようなので、土魔法で土を掘り返して収穫し、そのまま【収納】に突っ込んでおく。時期的にまだ花芽は出ていないから、澱粉も採れるだろう。

　根刮《ねこそ》ぎにしない程度に彼岸花……リコラを収穫して、他にないかと見回していたら、少し林の中に入った辺りに……ありました。

《ヨッパ：林内に生育する多年草。三角形の葉が茎の下部に集まって着く。春先、展葉し始めた頃の鱗茎を食用にする。夏に緑白色の花を横向きに着けるが、この頃には鱗茎は消失している》

　日本でいうウバユリだろうか。前世で入院する前の、子どもの頃に花を見た事があり、根っこが食べられるのだと教えてもらった。生前は食べる機会が無かったが……まさか、死後に異世界で食べようとは思わなかった。こちらも根絶やしにしない程度に採集し、ついでにその他食べられそうな山菜を片端から採っていく。多くは新芽や新葉で、カロリー源としては些か物足りないが、栄養補給と腹の足しにはなる。

他にも、今は採集の時期ではないが秋頃に採集できそうなもの――ドングリだとか山芋っぽいものとか――も見つかったので、目印に木の枝を挿しておく。

そうやって食糧の採集に夢中になっていると、いつの間にか林の中に入っていたらしい。遠くの茂みがガサリと動いて、同時に【察知】が反応した。

（うわぁ……）

茂みを揺らして現れたのは、それは巨大なイノシシであった。じっとこちらを見ているその視線は何か剣呑《けんのん》な感じを抱かせる。一応【鑑定】してみたところ……

《マッダーボア：イノシシ型の魔獣。一応雑食だが肉食の傾向が強く、小動物を襲って食べるのは日常的。狩りの際には猛烈な勢いで突進し、鋭い牙で獲物を切り裂く》

殺《や》る気……と言うか、ユーリを襲って食べる気が満々のようだ。

「や、やぁ……ご機嫌いかが……？」

それでもユーリとしては、【言語（究）】に期待して、一応友好的に接しようとしたのだが……

「やっぱり～!!」

ものも言わずに遮二無二《しゃにむに》突っ込んで来た。

恐怖のあまり竦《すく》みそうになる身体を必死で動かして、何とか突進を躱《かわ》す事に成功する。軽トラがすぐ傍を走り抜けて行ったような感じだった。

身を守ろうにも、只管《ひたすら》スローライフを優先したため、戦闘向けのスキルは持ってない。手に持っているのも、一見それっぽく見えはするが、武器ではなくて採集用の根掘りである。

そうこうしているうちに、一旦向こうに駆け抜けて行ったイノシシがUターンして、ユーリの方へ向かって来る。

「わ、わわっ……あ、そうだ！　【隠身】！」

トラブルを避けるために貰ったスキルの事を間一髪思い出し、祈るような気持ちでスキルを発動すると……イノシシはユーリを見失ったらしく、戸惑ったように足を停めて辺りを見回している。

その様子を見ていたユーリの心中に、とある疑いが芽生えてくる。

――こいつ、大した事、ないんじゃね？

最初こそパニックに陥ったが、思い返してみれば突進も充分に余裕を持って躱せる程度のスピードだったし、冷静に観察すればそれほどの脅威は感じない。こちらを見失ってウロウロしている今なら、腰の剣鉈で首筋を斬ってやれば片付くのではなかろうか……

試しに【隠身】を発動したままイノシシに近寄ってみたが……依然としてこちらに気付いてはいないようだ。一《いち》か八《ばち》かで近づいて喉笛《のどぶえ》を掻き斬ってやると、イノシシは暫《しばら》くのたうち回っていたが、やがて動かなくなった。【鑑定】と【察知】で確かめたが、きっちり死んでくれたようだ。生まれて初めての戦闘だったが、思ったより冷静でいられた事に少し驚く。これはやはり……

「……幸いにレベルの低いやつだったみたいだな。僕でも苦労せずに斃《たお》せたくらいだし……」

――違う。

マッダーボアは冒険者ランクで言えばCランク相当の魔獣である。ユーリが斃したのはまだ若い個体のようだが、それを踏まえても、転生したての七歳児が単独で斃せるようなものではない。

これは偏《ひとえ》に、神がユーリを転生させるに当たってステータスを――非常識なまでに――強化していたせいなのであるが、ユーリはそれに気付いていない。これにはいくつかの原因がある。

第一に、前にも言ったが神からの手紙にあった〝その場所で生きていくために最低限必要な能力を与えておいた〟という一節が最大の元凶であった。この文を読んだユーリが、〝自分の能力はここで生きるための最低レベル〟と思い込んでしまったのである。神としては、〝この辺りに棲む最強の魔獣とやり合っても「最低限」生き残れる〟レベルのつもりであったから、これは天と地ほどに食い違っている。

第二に、この世界の【鑑定】の仕様として、魔獣や野獣の危険度ランクなどは表示されないという事がある。危険度のランクなどはその地に住む人間が決めるものであり、場所によってその評価にも違いが生じるなど、普遍的な知識とは言えないのが理由であろう。それには納得できるのだが、ユーリの誤解を正す上では何の役にも立たなかった。

第三に、神からの手紙が至れり尽くせりであったため、そして【鑑定】と【田舎暮らし指南】が有能過ぎたため、ユーリが自分でヘルプファイルを開いて調べようという気が起きなかった。不明な部分が多かったら、少しでも情報を得ようとしてあれこれと調べ回し、やがてヘルプファイルの存在に気付いたかもしれない。しかし、そういうモチベーションが起きなかったため、ユーリはこの先もヘルプファイルというものがある事にすら気付かぬまま過ごす事になるのであった。

それはともかく……

「けど……結構な大きさだよなぁ。これなら当分の間は蛋白源に困る事はないかな。……小鳥を獲れなくなった時にはどうしようかと思ったけど……」

そう。最初ユーリは蛋白源として、小鳥を捕まえる事を考えていた。古くて使い物にならない種籾を餌に誘き寄せ、罠で捕らえようとしていたのである。いや、実際に餌を撒いて小鳥を誘き寄せるところまではやったのだ。

……その予定が狂ったのは、小鳥たちの囀《さえず》りを聞いてからである。


『くさのみ　だね』

『すこし　ふるい　みたい』

『けど　たくさん　あるよ』

『うん　たべられる』

小鳥たちのお喋《さえず》りを聞いて我が耳を疑い、思わず『喋ってる!?』と口走ったユーリであったが、その言葉はどうやら人語ではなく鳥語であったらしい。少し驚いた様子の小鳥たちが、しかしきちんとユーリに話しかけてきたのであった。

『にんげん？　ことば　わかるの？』

『くさのみ　くれた？』

『あ……うん、余ってたから……お裾分け……』

――嘘《うそ》だ。

古くて食べる気にならない種籾を撒き餌にして、寄って来た小鳥を捕まえて食べようとしていたのだ。しかし……当の小鳥たちを前にしてそんな事を言えるほど、ユーリの神経は図太くなかった。

『そう　ありがと』

『いただくね』

『あ……どうぞ』

友好的に会話ができる相手を食べる気にはなれず、狩りを断念したユーリであったが、しかしなんでまたこんな事に……と首を捻《ひね》っていて思い当たった。【言語（究）】のせいに違いない。どんな部族とでも話が通じるのは便利とばかり思っていたが……まさかこういう落とし穴があったとは。

言葉の通じる相手を狩る気には到底なれず、魚か昆虫くらいなら会話も成立しないのではなかろうか、それとも諦《あきら》めて植物質だけで生きていこうか……と悩んでいたところに現れたのが、〝話の通じない〟魔獣であった。対話を拒否して問答無用に突っ掛かって来たとあらば、ユーリとしても狩るのを躊躇《ためら》う理由は無かったのである。

そして――どうにか斃《たお》したマッダーボアの屍体《にく》を前にして、ユーリは考え込んでいた。

「一時はどうなるかと思ったけど……百キロ近い目方がありそうだよね、これ。……食べられる部分が仮に半分以下だとしても……うん、当分は食い繋げる」

……と、そこまで考えが進んだところで、

「……え、と……この後どうすれば……」

一般的な生活を送っている現代日本人が、獲物の解体手順などを知っている筈が無い。況してユーリは生前も入院生活が長く、アウトドアとは無縁であった。ただ、趣味として読んでいた小説の中に獲物の解体の描写があり、血を抜いたり水に漬けて冷ましたりする事は憶えていた。

そういった小説では、獲物を逆さに吊《つ》り下げて血を抜いていたが……

「……七歳の子どもに、百キロ超のイノシシをどうこうできるわけ無いだろ……」

……ステータスがどうとか言う以前に、持ち上げようにも背丈が足らない。

初《しょ》っ端《ぱな》から躓《つまづ》いたユーリが懸命に知恵を絞った挙げ句、水魔法で何とかできないかと思い付いた。

水魔法と言うからには、液体を操る魔法に違いない。血液だって液体には違いないのだから、操れない事もないだろう……

一人勝手にそう納得すると、ユーリは持てる魔力を振り絞って水魔法を発動する。マッダーボアの血液を操って、体外に流出させるようなイメージで。

「お……結構難しいけど……上手くいってるのかな……？」

どうやら上手くいったらしい。イノシシ……マッダーボアの体内から血液が一定のスピードで流れ出て来て辺りを朱に染めていく。後始末の事まで気が回らなかったユーリは顔を顰《しか》めるが、今は血抜き処理が優先である。

やがて血液の流出が止まった頃には、マッダーボアの血抜きはほぼ完璧に終わっていた。

「一応はできたけど……面倒臭いなぁ……何だか魔力も結構使ったような感じがあるし……」

ラノベに出て来る魔力切れほどには深刻でないようだが、少し疲れた気がするのは事実である。

ラノベの作法に従うなら、暫く休んでいれば回復する筈……と考えを進めたところで、ユーリは自分の思い違いに気が付いた。

「いや……【ステータスボード】が使えるんだから、それで確認しろよ、自分」

ブツブツと呟《つぶや》きながら操作画面を開くと、魔力の数値が１００から６３に減っている。あぁ、やっぱり魔力を消費したのか、けど思ったより使ってないんだな……などとぼんやり眺めていたら、魔力の数字が一つ上がった。あぁ、やはり休息によって魔力は回復するのか——と納得し、それ以上の追求をしないユーリ。

もしもこの時「魔力」の項をもう少し見ていたら、ポップアップウィンドウが開いて「魔力」の説明が表示されただろう。そこには恐らく……

《魔術を行使するために必要な力。フォア世界の人間《ヒューマン》は全員がある程度の魔力を持っているが、大抵は生活魔法を使える程度（十以下）で、魔術師と言える程のレベルにはない。生命力と違い、年齢との相関はみられない。いわゆる魔術師の魔力の平均値は五十である》

——という記述があった筈であり、この世界の一般人が持つ魔力の平均値が十程度である事も、魔術師のそれでさえ平均五十程度である事も判った筈である。

しかし、目の前で魔力が回復するのを数値として見たユーリは、それ以上魔力について調べる事を止《や》めた。つくづく不運な巡り合わせであった。

そして当のユーリはと言えば……

「血抜きをするだけで37……三分の一以上の魔力を使ったのかぁ……もっと頑張ってレベルを上げないとなぁ……」

——などという感想を漏らしていた。

……もしもこの呟きを世の魔法使いが聞いていたら、揃って目を剥《む》いた事は請け合いである。いや、熱《いき》り立って食ってかかったかもしれない。

それほどにユーリがやってのけた事は異常であり——異質であった。

そもそも水魔法は水を操る魔法であるが、水に混入物や懸濁物があった場合、途端に魔力の通りが悪くなるというのがこの世界の魔法の常識であった。若干の無機物が溶け込んだ程度ならまだしも、有機物やら細胞片やらを豊富に含んだ血液などは、通常の水魔法で操るには難度が高過ぎる。況して、体内の血液全てを身体の外に排出するなど……いくら対象が死んでいるといっても、普通にできる事ではない。

　そういう「常識」を全く知らず、血抜きの方法が無く追い詰められている状態で、しかも通常の魔術師の倍近い魔力を保有しているユーリでなければ、こういう無茶は通じない……どころか考えようともしなかったろう。まぁ、肝心のユーリ本人は、無茶だという自覚も何も無いのであるが。

　ともあれ、どうにか血抜きを――一般の遙か斜め上の方法で――クリアしたユーリであったが、そこに第二の試練が立ち塞《ふさ》がる。

「確か、血抜きをした獲物は水に漬けて冷ます……って……水場なんかどこにあるってのさ……」

　ユーリはこの地に転生してからまだ三日目であり、当然周囲の地形など把握していない。村へ戻れば井戸はあるが、まさか井戸の中に沈めるわけにもいかない。先人が井戸だけで水の全てを賄っていたとは考えにくいので、どこか近くに川なり池なりがあってもおかしくないのだが……

『にんげん？　どうかした？』

　途方に暮れているところへ、聞き憶えのある声がかけられた。

『あ……確か、村にいた……』

『くさのみ　ごちそうさま』

『どうかした？』

『あ、うん。獲物を冷やしたいんだけど、近くに川か何か無いかなと思って……』

『みずば？　あるよ』

『うん　かわ　ある』

『むこう』

『わりと　おおきい』

『ちかいよ』

古びているとは言え小麦や大麦を椀飯《おうばん》振る舞《ぶま》いしたせいなのか、小鳥たちの好感度は予想以上に上がっていたらしい。親切に川の位置を教えてくれた。情けは人のためならず。この格言を今日ほど強く実感した事はない。

『ありがとう！』

『どういたしまして　またね』

『またね』

『また　あした』

口々にそう言いながら飛び去って行く小鳥たちを見送って、ユーリは血抜きした獲物を教えられた水場に……

「……これ……百キロくらいあるよね……」

＊＊＊

一旦【収納】に仕舞い込めば重さは問題無くなるのではないかと気付き、首尾良く川までマッダーボアを運ぶのに成功したユーリは、えんやこらと獲物を水に沈め終える。流されないように縛り付けておく必要があるのではないかと気付いたのはその直後。ロープなど持ってない事を思い出したのが更にその直後。

急遽《きゅうきょ》川底から土魔法で杭を伸ばし、それに引っかけるようにして流失を防ぐ算段をとった。

二時間ほど川の流れに漬けて、そろそろ冷えたかなと思う頃合いで引き上げた。この後の作業すなわち獲物の解体は、村に戻ってやる事にする。何しろ素人が初めて、しかも一切の手助けも無しに、百キロ級のイノシシの解体に挑むのだ。どれだけ時間がかかるのやら知れたものではない。ここは安全策を採るべきだろう。

「……まぁとにかく、イノシシ肉は獲れたし、付け合わせの山菜もあるから、軽く塩胡椒《こしょう》でも振って……」

そこまで口にしたところで、ユーリは気付いた。気付いてしまった。

ここには胡椒などの調味料はおろか、塩すら満足に無いという事に。

「……落ち着け。確か【収納】の中に当座の分はあった筈だし、ないからって即死するようなもんでもないんだから……」

食事が味気無くなるのは確実だが。

ヌルデのようなものでも生えていれば、実から塩分を採る事もできるが、それとて時期は秋から冬。今の時期に残っているかどうかは微妙である。

「……やっぱり村に戻るか」

ユーリには一つ確かめたい事があった。

7．解体と調理

村へ戻ったユーリは、家の前に土魔法で作業台を生み出す。獲物を【収納】から取り出すと、深呼吸を一つしてから徐《おもむろ》に解体に取りかかる。生前に解体などの経験は無論、作業を見学した事すら無い。ラノベには解体の場面も何度か登場していたが、一々《いちいち》仔細に憶えているわけでもない。【田舎暮らし指南】師匠だけが頼みの綱である。

「え～と……まず、腹の部分の皮を……」

おっかなびっくりといった体《てい》で解体に取りかかったユーリであるが、ユニークスキルの【田舎暮らし指南】からの補正が入るのか、思ったより良い手際で作業が進んでいく。

しかし、いくらステータスが強化されているとは言っても所詮《しょせん》は未経験者、況して七歳児の体格でしかない。そうそう簡単に作業が終わるわけもなく、解体を終えたのは辺りがそろそろ暗くなる頃であった。終盤には生活魔法の【点灯《ライト》】や光魔法まで使っての作業になっていた。

「ふぅ……何とか終わったよ……」

枝肉や毛皮、その他の素材、という具合に纏めて【収納】していく。

内臓は捨てようかと思ったが、後で何かに使えるかもしれないと思い直して、これらも部位ごとに【収納】しておく。何しろ神様から直々に貰った【収納】だ。容量もきっと大きい筈だと楽観して、片端から詰め込んでいった。

幸い容量は本当に大きかったらしく、百キロ超のイノシシ《マッダーボア》の肉や素材を詰め込んでも、まだまだ余裕があるようだった。

＊＊＊

血で汚れた作業台を水で洗い流すと、ユーリはようやく家の中に入る。山菜採りからイノシシ狩り、血抜きと運搬といった大仕事をしていながら、昼は携帯食料――そろそろ底を尽きかけている――で軽く済ませただけである。村に戻って来てからは来てからで、今まで一人でイノシシを解体していたのだ。空腹を覚えるのも当然だろう。

ちなみに、正確にはイノシシではなくマッダーボアという魔獣なのだが、ユーリの脳内では「イノシシ」である。何しろ最低レベルの自分――と、思い込んでいる――に狩られる程度の残念魔獣なのだ。見てくれは少々大きくても、普通のイノシシと同じようなものだろう。

実際は大違いなのだが、そんな些事は気にも留めないユーリ。さて、調理に取りかかって……と思ったところで、食器どころか包丁すら無い事に気付く。いや、それ以前に竈《かまど》とかは使えるのか？

昨日はざっと見ただけで、仔細な検分などしていない……。

「……初めての事ばかりとは言え……抜けが多いなぁ……」

がっくりと肩を落としたユーリが改めて台所の様子をチェックした結果、判明したのは……

・竈は一応使えそうだ。少なくとも、壊れてはいない様子。

・ただし、本来ならあった筈の、鍋釜を吊すための鎖や鉄鉤《てつかぎ》、或いは鍋釜を据え付けるための五徳のようなものは、綺麗さっぱり持ち去られている。焼く時に肉を刺すための鉄串も無い。
・排煙用の煙突は無い。どうやら採光用に天井に設えてある穴が排煙孔を兼ねているようだが、現在それは閉じられている。棒か何かで支えて開けるらしいが、肝心のその棒が見当たらない。
・煮炊きのための燃料がない。

「はぁ……」

結局その日は、切り分けるための包丁から肉を焼くための串、果ては食器までも土魔法で作成し、火魔法で肉を焼く事になった。泥縄もいいところである。

肉を上手に焼くのに適切な火力を維持するのは大変であり、これだけで火魔法が上達したのはこだけの話である。

8．岩塩

翌日、ユーリは朝から村中の家々を虱潰《しらみつぶ》しに捜索していた。そしてその甲斐《かい》あって、三軒ほどの家から目当てのものを見つけ出す事ができていた。

——岩塩の欠片《かけら》。

ひょっとしてあるんじゃないかと思って探し廻り、その賭けに勝って、廃屋の片隅から首尾好く見つける事ができたものである。

「やっぱりか……多分この村は、岩塩を採掘するための基地……それか基地建設のためのキャンプ地として建設されたんだろうな……」

今更ながらこの「廃村」は――部外者であるユーリの目から見ても――あまりにも山地に近接した位置に……別の言い方をすると、他の村からとことん隔絶した位置にあった。なぜなのか。

昨日、調味料としての塩の事に思いを馳《は》せていた時、この村では塩をどうやって入手していたのかという疑問が芽生えたのである。

塩は人間が生きていく上で必要不可欠な物資であるが、海辺でもない限り、簡単に手に入るようなものでもない。普通の村なら交易によって入手しているのだろうが、ここのようにあまりにも山奥に飛び離れた場所は、普通の商人が交易に訪れるには不向きに過ぎる。そこを敢えて立ち寄りを依頼するからには、相応の見返りを支払う必要が出てくるだろう。たかだか小規模な開拓村に、そこまでの余裕があるとは思われない。

村人が自分たちで買い出しに行く場合を考えても、不便なのは同じ事だ。それに目を瞑《つむ》ってまで、こんな山際に村を構えたというからには、それ相応の理由が無くてはならない。

……となれば、考え付く可能性は一つ。他ならぬこの場所に鉱山か……もしくは岩塩坑があるのではないか――という事になる。そして、岩塩の欠片が無造作に転がっていた事から判断すると、この地にあったのは岩塩坑の可能性が高い。

「村の規模を考えると、多分この村は試掘のための拠点か、もしくは本格的な採掘拠点建設のための前進基地……だったんじゃないかな」

離村したという事は、コスト的に引き合わなくなったかどうかしたのだろう。

「だったら、どこかに岩塩坑――或いはその試掘坑――の跡がある筈なんだけど……」

疑わしいものは既に見つけてある。板に描かれた地図のようなものを三軒の廃屋から回収していたのだが、その三枚に共通して記されている場所がいくつかあった。

＊＊＊

「地図にあった道って……やっぱりこれなんだろうなぁ……」

ここのように人跡稀な奥地においては、歳月の力は偉大であった。地図にあった岩塩坑らしき印、そこに至る筈の道は、今や跡形も無く雑草灌木の茂みに覆い隠されていたのである。僅かに残る踏み分け道らしき痕跡《こんせき》から、どうやらここが問題の「道」らしいと、辛うじて判る程度であった。

「それでも……ここを辿《たど》らないって選択は無いんだよねぇ……」

ぼやきながら藪漕《やぶこ》ぎを始めたユーリであったが、ものの数分も経たぬうちに音を上げた。……いや、別の手段に訴える事に決めた。

「いや……能《よ》く考えたら、なんで馬鹿正直に藪漕ぎなんかしてんだよ、僕……この世界にはもっと便利なものがあるっていうのにさぁ……」

言うが早いか風魔法の【ウィンドカッター】を発動して、邪魔な草木を薙《な》ぎ払《はら》うユーリ。余人に倍する魔力があるせいか、かなりなハイペースで道が開《ひら》けていく。

時々休憩を入れ、或いは道の跡を確認しながら、草木を薙ぎ払う事三時間。次第に植物が少なくなってきたかと思うと、やがてユーリはそれらしき場所に辿り着いていた。

「ここ……かなぁ……」

　やや荒れた感じの斜面に、人為的に掘ったものと覚しき坑道が口を開けている。坑道は所々木枠で補強してある……いや、補強してあったのだが、今はそれも朽ちかけており、不用意に踏み込むのは躊躇われる。なのでユーリは……

「──っと、これで坑道壁の補強は終わり……さて、入ってみるか」

　頼みとする土魔法で坑道壁を補強し、崩落の虞《おそれ》が無くなったところで中に入って行った。

「……うん、【鑑定】でもやっぱり岩塩だね。これを目当てに村を作ろうとしたわけかぁ……」

　この辺りが岩塩の鉱脈だと判れば、何も坑内に留まる必要はない。土魔法で地中から、手頃な岩塩塊を掘り出せばいいのである。

　斜面が崩壊や不安定化しないように配慮して、ユーリは次々と岩塩の塊を掘り出す。どう考えても自分一人で消費できないほどの量を回収したのは、いずれ物々交換や売却に役立てようという腹積もりである。

　さて、用も済んだし帰ろうか──と思ったユーリであったが、ふと地面のあちこちに動物の足跡が残っているのに気が付いた。

「……そういえば、こういう場所には塩を求めて動物たちがやって来るんだっけ……」

　暫し考え込んでいたユーリであったが、もう少しだけ斜面を崩して、岩塩を含んだ大小の岩石を剥き出しにしておく。動物たちが塩を舐《な》め易くなるように。

　尤も、あんまり派手に掘り返すと塩害が発生する虞もあるから、その辺は加減しているが。

（別に善人ぶるつもりはないけどね……ただの気紛《きまぐ》れだよ、うん）

9. 住環境の改善のために

当面必要な事を済ませてしまうと、ユーリは今後の計画について考え始めた。

基本的にユーリは臆病なほどに用心深く、安全マージンを充分に取った上で行動に移る性格である。生前は発病・入院というアクシデントのせいでその主義を充分に活かす事はできなかったが、ここは異世界。いつ、どこで、何が起こるか判らない世界である。不測の事態に備えておくのは当然かつ必要な事……という判断の下《もと》に、ユーリは余裕を持った計画を立てようとして……

「……紙が無い……」

トイレで用を済ませた後に出て来そうな台詞であるが、実際は考えを纏め、記録しておくための紙が無いという事である。

紙など生活必需品ではないという意見もあろうが、記録魔にして計画魔のユーリにとってみれば、記録媒体が無いという事は不都合極まる事態である。早急に対処すべき問題の筆頭に挙げられたのも、蓋《けだ》し当然であったろう。

とりあえずこの時は、土魔法で作製した石版に、やはり土魔法で文字を刻んで乗り切ったが……

「……耐久性は高いだろうけど……やっぱり重いし、嵩張《かさば》るのもなぁ……」

という事で――。

◆記録媒体と筆記用具の確保

――が、解決すべき課題としてまず挙げられた。

　ここフォア世界でも既に紙は作られているらしく、製紙原料となる植物についても【田舎暮らし指南】に情報があった。紙漉《かみすき》の手順も載っているため、原料さえ見つかれば、紙を作るのも難しくはなさそうな気がする。

　しかし、それは後に回して……

「さてと……改めて、最初は衣食住の住から始めるか」

　快適なだけでなく安全な住居の確保ができてこそ、それ以降の課題を考える余裕も出て来る。まず着手すべきは住環境の整備だと考えて、ユーリは現在の問題点と改善すべき課題を挙げていく。

◆住環境の改善
・防衛設備の構築
・家屋の高床化
・竈の改造
・煙突の追加
・照明器具の作製
・暖房設備の追加
・風呂の増築
・敷物の確保
・燃料の確保

・木材の確保
・雨具の作製

既に老朽化して役に立たなくなっている村の柵をどうにかする必要があるが、これは土魔法で何とかするしかない。村全体を囲うのには時間がかかるだろうし、当面は自宅の周辺だけでも壁で囲っておいた方が良いだろう。

防壁について予定を決めたところで、ユーリは自宅の改築について考える。元・日本人であるユーリにしてみれば、土間での生活というのはどうにも落ち着けない。できれば日本式の家屋が欲しいところであるが、廃村には改築用の木材など無い。空き家を解体すれば若干の木材は手に入るだろうが、今度はそれを加工するための大工道具が全く無い。それに、木材欲しさに無闇に建物を解体するのも下策のような気がする。

そういう判断から、ユーリは次善の策として、土魔法で部屋の高床化を実行した。幸い天井が高かったので、壁や柱は弄《いじ》らずに、内部の床だけを高くしてある。ただし、入り口から入ってすぐの台所の半分強、凡《およ》そ十五畳ほどは、敢えて低いままにしてある。嘗《かつ》ての日本の農家などでは普通に見られた構造だ。奥の方は高床化して食堂にしたが、そこだけでも十二畳ほどの広さがある。ユーリ一人では持て余すのだが、あまり狭い食堂にするのも構造上面倒なのである。食卓なんて気の利いたものは残されてなかった――最初から無かった可能性もあるが――ので、これも土魔法でサクッと作った。

ちなみに、表口とは対角の位置、物置に使う予定の端の部屋にも角に裏口があるのだが、そこも入ってすぐの部分は、沓脱《くつぬ》ぎとして低いままにしてある。

木造の床と違い、土魔法で底上げした床は石造りのようなもので、冬にはひんやりと冷たくなるだろうが、そこは敷物でどうにかするしかない。毛皮か、あるいは蓆でも編む必要があるだろう。


部屋を高床化した時点で気が付いた。

「底上げした床の下に煙道を通せば、冬の暖房にも使えるよね」

――という発想の下《もと》、ユーリは竈に煙突を追加し、その煙を床下に導くように煙道を形成していく。排煙は家の外側に、煙突を後付けして対応する。部屋は土間のままの台所を含めて三部屋あるが、一人暮らしには広過ぎる――目算で一部屋当たり三十畳近い広さがあった――ので、奥の一部屋は物置代わりにするつもりでいる。なのでこちらの床下には煙道は通さず、煙突は真ん中の部屋の外側に付けておく。排煙孔を上に開けると雨が降り込むし、外国での例のようにコウノトリか何かが巣を作る可能性もあるので、排煙孔は横向きに開口しておく。

「冬はこれでいいとしても……夏はこれだと暑くなるから、煙道に通さずに煙を出すルートも必要だよね。……煙道は切り替えできるようにしておくか……」

と、竈の裏にもサクッと同じような煙突を追加する。つくづく土魔法はありがたいものだ。農業以前に土木や建築に大活躍である。

――尤も、ユーリと同じレベルで手早く増改築できる魔術師は、この国でもごく僅かしかいないのだが、そんな些事などユーリの知った事ではない。

煙突を造った時点で再び気が付いた。

「……この家って、最初は煙突無かったよね。排煙とか、どうしてたのかな?」

訝《いぶか》しく思ったユーリであったが、天井を見てすぐに納得した。採光用に天井に開けられた天窓、あれが煙出しを兼ねていたらしい。雨の時には天窓を閉じるため、煙は屋内に充満したようだが。

「……まぁ、昔の日本の民家も、囲炉裏《いろり》の煙は部屋の中に立ち上《のぼ》って、茅葺《かやぶ》き屋根から出て行ったみたいだし……そう珍しくもないのかな」

とりあえず、この家では煙は煙突から出るようにしておく。


「あとは……やっぱり風呂は不可欠だよね」

——と、食堂の外側に新たに後付けで四畳半ほどの浴室を増築する。これまた土魔法で、もう本当に手早くさっくりと。

給水は水魔法、加熱は火魔法を想定しているので、給水設備も風呂の焚き口も無しであり、気を遣《つか》ったのは排水のみである。それも排水溝の部分を土魔法で暗渠《あんきょ》化しただけであるが。


「残りは照明器具とか燃料か……」

こちらの方は、今すぐにどうこうできるものではない。……いや、どちらかと言えば、燃料確保より先に増改築が終わってしまった方がおかしいのだが。

「灯りは……現状だと獣脂《じゅうし》蝋燭《ろうそく》が現実的かなぁ。さっきイノシシを一頭狩ったばかりだし……」

生活魔法の【点灯《ライト》】はあるが、いつもいつも魔法頼みというのにも不安がある。魔法によらない照明手段は必要だろう。となると、光源として現実的なのは炎である。火の粉が怖くて屋内で篝火《かがりび》など焚《た》けないから、蝋燭か灯油を使った灯台――岬の灯台ではなく、油皿に灯心を立てて火を灯《とも》したもの――という事になる。油料植物を今から探すよりも、既に手元にある獣脂を利用するのが現実的だろう。

「燃料は……木を伐り出したり炭を焼く手間が惜しいし、枯れ草か薪《まき》で充分か」

炭があれば採暖用に火鉢という選択肢が増えるのだが、炭焼きの手間を考えるとモチベーションも低下する。どうせ村内や畑に生えた灌木や雑草は引き抜く必要があるのだ。それを燃料用に廻せば無駄が無い。

「そういえば……村の周りは草原になってたけど……ひょっとして、あれも燃料採取の結果なのかな……？」

手近な場所から薪炭材や木材を伐り出した結果、草原が形成・維持されたというのはありそうな話である。ここは先人の知恵に学ぶとしよう。

10．食糧事情の改善のために～水路の確認～

住環境の改善についての検討が一通り終わったら、次にやるべきは食糧事情の検討だろう。ユーリが希望したものは家庭菜園。それを踏まえた上で神はユーリをこの地に送ってくれたわけだから、ユーリがここでやるべき事も家庭菜園……で、いい筈だ。

幸いここの畑跡地には、この村がまだ〝活きて〟いた頃の作物が、半ば野生化した状態で生き残っている。この地で生育するのが保証された種類なわけだから、まずはそれらの作物の栽培化から始めるのが良いだろう。

今のところ確認できた作物は、地球で言う大麦（裸麦）、小麦、ソバ、芋、あとは葉野菜が少しといったところだ。種類は思っていたより多様だが、あちこちの畑に分散して生き残っている分を全て合わせても、秋まで保《も》つかどうかというところだろう。村の外で得られるだろう堅果《ナッツ》の類《たぐい》を合わせても、冬越しできるかはギリギリといったところか。

「……まぁ、いよいよ無理っぽいとなったら、家財の一切を【収納】して、村か町に逃げ出せばいいわけだし……それまでは頑張ってみるか」

そういった判断の下に、冬までの間にやれる事、やっておくべき事をリストアップしてみた。

◆農地の整備
・水路の復元
・作物の収穫
・種籾や種芋の確保と保管
・畑の復元
・農業カレンダーの作成
・来年に向けての植え付けとその準備
・肥料の用意
・農機具の準備

「最初に確認しておくべきは……やっぱりこれかなぁ……」

＊＊＊

ユーリは村を囲う柵の前に来ていた。

ほとんど埋まっている上に草に覆われて気付かなかったが、能く見ると柵の内側に溝のようなものが残っている。排水溝のようにも見えるが……

「……畑の周囲に巡らせてある事と、そこそこの深さがある事を考えると、やっぱり用水路と見るべきかな……」

岩塩坑を探す時に見つけた三枚の地図――板の上に描かれたもの――のうちの一枚に、村を取り巻くように線が描かれており、それが少し離れたところにあるやや太い線に繋がっているのに気が付いていた。太い線が川だとすると、細い線は水路という事になる。

それを念頭に置いて村の周囲を見直すと、柵の内側に溝のようなものの痕跡を見出《みいだ》す事ができた。排水用の溝にしては幅広く、深いようにも思える。となれば、農業用水を引き入れ、汲《く》むための用水路ではないか……？

水路の確認と復元が急務となった瞬間であった。

＊＊＊

「こんなところにあったのか……」

水路の跡を辿《たど》って行くと、少し離れたところで小川にぶつかった。それほど大きな川ではない……と言うか、小規模な沢のようなものであるが、村に用水を供給する程度の水量はあるようだ。

取水口の部分は、今はすっかり腐朽しているが板のようなもので閉じられている上に、溝が崩れて土で埋まっている。そのせいで用水が涸《か》れてしまい、ユーリも水路に気付かなかったようだ。

小川を下流に下《くだ》って行くと、暫く歩いたところで別の水路に出会《でくわ》した。察するに、村を巡った用水の排水路だろう。こちらも半ば土に埋もれている。

更に進むと、小川はもう少し大きめの川に合流した。どうやらマッダーボアを沈めて冷ました川が、ここに通じているらしい。こちらは川幅も水深もそれなりで、魚釣りくらいはできそうだ。

「う～ん……こっちの方が水量は多いけど、遠いんで取水路は小川の方に繋げたんだろうな」

先々の事を考えると、水路を復元した方が好いのは明らかである。ただ、少なくとも今年は、畑自体がそれほどの——用水路を必要とするほどの——規模になるかどうかは疑わしい。水魔法だけで充分な気もする。万一水路が必要になったとしても、ユーリなら土魔法で手軽に復元できそうだ。

「そう考えると……水路の復元自体は、そう急ぐ必要はないかな……？」

とは言え、水路とそれに繋がる川を発見できた事は、今後の生活を考える上でも重要であった。

ユーリは水魔法を貰っているが、思った以上に広い畑の全てに水を供給できるとは思えない。何しろイノシシの血抜きをするだけで、魔力の四分の一ほどを使ったのだ。水路があるというなら、それに頼るのが無難だろう。

「もし水路を復活させる事になったら……魚か何か放した方が良いかな。用水路にボウフラとか湧いたら嫌だし……」

妙なアメーバや住血吸虫、細菌などが繁殖《はんしょく》しないように、水質はまめにチェックしようと決意するユーリであった。

11．食糧事情の改善のために～年次計画の検討～

水路の件が一応片付いたところで、残っている案件はと言うと……

・作物の収穫
・種籾や種芋の確保と保管
・畑の復元
・農業カレンダーの作成
・来年に向けての植え付けとその準備
・肥料の用意
・農機具の準備

「う～ん……もう穫《と》り頃《ごろ》になっているのは収穫しておくとしても……一部は種芋や種籾用に残しておく必要があるよね。それで、収穫を終えた場所から耕して、畑として使えるようにしないと……

あ、来年用に種を蒔いたり植え付けたりする時期も確認しておかないと……あ～……やっぱり作業カレンダーが必要だよ」

半野生化した作物が収穫できるのは好いのだが、現状それらは村の随所に散らばっており、種類ごとに纏《まと》まってはいない。作業効率を考えると、同じ作物は一ヵ所に纏めておいた方が手間が無い。ただ……今現在まだ成育中のものもかなりあるため、村内の畑を一気に整備する事ができない。全ての収穫を終えた後に土魔法で一気に耕す手もあるが……

「そうすると、植え付け時期を逃しそうなのがあるからなぁ……」

確か秋蒔《あきま》き小麦などは九月か十月に種を蒔いたような気がするが、まだその頃には収穫が終わっていない作物もある筈だ。しかも、現状それらが入り交じって生えているので、一気に耕すような真似《まね》はできそうにない。

「収穫が終わった場所から、ちまちま耕すしかないかぁ……」

いずれにせよ、各作物について収穫や植え付けの時期を調べて、農事カレンダーのようなものを作っておいた方が間違いが無い。紙が無いので石板になるが。

「作物だけでなく、木の実や山芋みたいなものもあるしなぁ……」

恐らくだが畑の作物だけでは、冬越しに必要なだけの食糧を賄えない。獣の肉は勿論《もちろん》だが、山で採れる木の実や芋類も必要不可欠になる筈だ。マッダーボアを狩った時にいくつか目星は付けておいたが、今後も頻繁《ひんぱん》に村の外へ出て、食べられるものがないかどうかチェックする必要がある。

「……となると……武器が必要になるのかぁ……」

先日のマッダーボアは、気配を隠して接近し、剣鉈で仕留めたわけだが……

「毎回あんな危ない真似してられないよね……幸い、あのイノシシは見かけ倒しだったけど……」

自分はこの辺りでは最底辺のランクに位置する。自分より強い危険な生き物などいくらでもいる筈だ。そんなのに一々近寄って仕留めるなど、普通に考えて自殺行為ではないか。少しでも離れた位置から仕留める事ができるように、魔法以外に、長柄の武器を用意する必要がある……

――相変わらず自分は弱いと確信しているユーリであったが……真相は違う。

神の恩寵《おんちょう》――と言うか、過剰なまでの心配《こころくば》り――によって、ユーリの魔力や身体能力はこの国の冒険者や兵士のレベルを軽く上回っており、そこらの魔獣など余裕で蹴散らせるレベルにある。

ただ、ユーリ本人がそれに気付いていないため、過度に心配しているわけなのだが……まぁ、万一に備えておく事は悪い事ではない……ない筈だ。

「武器の事は後で考えるとして……とにかく、冬越しに必要なだけの食糧を集める事が最優先……あ、冬用の衣服とか布団《ふとん》とかも必要か……まぁ、これも後で考えよう」

色々と考えるべき事が増えてくるが、とりあえず今は食糧計画である。

「……畑の作物だけじゃ栄養的にも偏るし……副菜として山菜も確保する必要があるよね。ちょうど今が山菜の旬《しゅん》だから、採れるだけ採っておこうか。保存は【収納】で何とかなりそうだし……」

――と、当面の計画を立てたところで、

「あとは……農具も作っておく必要があるかな？　耕すのは土魔法でできるだろうから、鋤《すき》や鍬《くわ》は要らないとしても……収穫用に鎌《かま》や千歯《せんば》――または千把扱《せんばこ》き――はあった方が便利かな？　この世界にあるかどうかは知らないけど……どうせ誰も見ていないんだし、気にする事もないか」

さっくりと千歯の作成を決める。どんなものかは大体知っているし、細かなところは【田舎暮らし指南】師匠に訊けば、土魔法で作る事ができるだろう。

「他には……肥料の事があるか……」

今年の分に間に合うかどうかは微妙……と言うか、十中八九間に合わないだろうが、先々の事を考えるなら、これも早めに着手しておく必要がある。畑の整備などで引き抜いた雑草雑木を積み重ねて、堆肥を用意するくらいならできそうだ。

「結構色々あるんだなぁ……まぁ、できる事からやっておくか」

12. 衣料まわりの改善のために

「衣食住の住、食、ときて、次は衣、かぁ……」

ユーリが現在着ているのは、転生時以来着用している粗末な衣服の上下である。泣いても笑ってもこれ一着の、着た切り雀で替えは無い。

「いくら生活魔法の【浄化《クリーン》】があるといっても……やっぱり着替えくらい欲しいよね……」

村の中に使えそうなものは、布一枚、糸一切れも残っていなかった。となると、繊維から集めるしかないわけだが……

「イノシシの毛皮はあるけど……鞣《なめ》し方とか知らないしなぁ……【田舎暮らし指南】師匠に教えてもらうか。ま、それは後にして……」

【収納】に仕舞っておけば品質が劣化する事はない。鞣すにしてもある程度皮が貯まってから、一気にやった方が面倒が無い気がする。とは言え、

「やっぱり、毛皮以外の選択肢も欲しいよなぁ……」

毛皮は冬には好さそうだが、夏は暑苦しいだろう。今着ている服は、生地《きじ》的には夏には向いているかもしれないが、半袖の衣服も欲しいところだ。

「これって植物繊維かな？　ま、これも村の外に出た時、使えそうな素材を探すしかないよね」

樹皮か蔓《つる》か、それとも麻のような草になるのかは判らないが、【鑑定】を使いまくって素材を探すしかないだろう。どうせ大量に必要になる筈だし、何なら村内に移植しても……

「……あれ？　先住の人たちはどうしてたのかな？　ひょっとして……植えていたのがある？」

食糧の事ばかり考えていたが、繊維植物を栽培していた可能性も無くはない。ここが岩塩坑のための村であった事を考えると、衣類などは岩塩を届けた時に入手していたのかもしれないが、一応探してみても損は無い。と言うか、雑草雑木と思って引き抜いたのが、繊維用に栽培していた植物であったら悲しいではないか。

「……あれ？　という事は、紙の原料も栽培している可能性も……いや、さすがにそこまでは無いか……？」

とは言え、これも一応は確認した方が良さそうな気がする。

「あ……麦を栽培していたんだから、麦藁《むぎわら》は充分あった筈だよね。ちょっとした道具程度は、藁で作っていたのかな？」

藁は結構暖かい筈だ。袋に詰めてベッド代わりにしていた可能性もあるし、藁縄や雪沓《ゆきぐつ》のような

もの作っていたかもしれない。

「けど……現在のところ藁は無いわけだし……山で代用品を探すしかないか。……縄とか紐はあった方が好いような気がするし……」

当座は蔓か何かで代用するしかないだろうが、繊維が得られたら縄を綯《な》う事も考えるべきだろう。

「あ……動物の腱《けん》って、結構丈夫だとか聞いた気が……昨日のイノシシ、使えないかな……？」

植物性の縄ほどには使い勝手は好くないだろうが、代用品の当てがあるに越した事はない。探せば使える糸を出す昆虫やクモもいるかもしれないが、そういうのはいわゆる絹糸になる。細過ぎて初心者には扱えないだろう。

「結局、どれもこれも繊維植物あっての話になるかぁ……いや、待てよ？」

ユーリがふと思い出したのは蓑《みの》である。あれなら草を乾かして束ねただけだ……少なくともそう見える。糸だの繊維だのは必要無いから、手軽にできるのではないだろうか。

「ただ……雨の中を態々《わざわざ》外に出る必要があるのかって事なんだけど……その時になって雨具が無かったじゃ困るし……やっぱり準備しておくか」

いずれ茅《かや》とか菅《すげ》のようなものが手に入ったら、笠《かさ》を作るのも好いだろう。異世界で和風の蓑笠姿、ミスマッチかもしれないが、それはそれで心が躍る。

「まぁ、作業にだって楽しめる要素は欲しいよね」

13．武器の準備

衣食住の一通りについて検討を終えたユーリであったが、最後に武器について検討する事にした。切っ掛けとなったのは先日のイノシシ……マッダーボアとの戦いである。突発的な遭遇戦であったために充分な準備もできていなかったので、序盤は無様《ぶざま》にも狼狽《うろた》える羽目になっていた。

　ユーリなりに考えた結果、手元に武器が無かったのがその一因であろうと結論づけていた。何しろあの時持っていたのは、採集用の根掘り一丁。見かけは短剣に似ていなくもないが、武器として使えるような代物ではない。根掘りを剣鉈に持ち替えてからは、少しだけ心の余裕もできていた。

　それらを踏まえると、何らかの武器を常時携帯するべきだろう。それもできたら長柄のものが好い。巨大な魔獣を斃すのに、一々接近しなくてはならないというのは心臓に悪い。

「……けどなぁ……」

　しかし、そう決断したユーリの前には、大きな問題が立ちはだかっていた。

「材料となる鉄が無いんだよなぁ……」

　そう。この廃村の先住者たちが、離村に当たって使えそうなものを根《ね》刮《こそ》ぎ持ち去ったため、ここには資源が絶対的に不足している。中でも金属資源などは、ほとんど無いのが実情である。壊れた鍋釜や折れた庖丁を、土魔法でどうにか補修して使っているのが現状なのだ。

「ラノベとかじゃ、土魔法で簡単に鉄やら何やら取り出してたんだけどなぁ……」

　この世界、そこまで甘くはないらしい。

　この世界の土魔法は、土という混合物を混合物のまま流動・変形・硬化させる事には秀でている。その反面で、例えば酸化鉄から酸素を抜いて鉄に変えるなど、元素の追加や除去による物質の変化は不得手であった。それは錬金術の領分である。

例えば、仮に酸化鉄を含む赤土を得たとして、そこから酸化鉄を選《よ》り分けるくらいはできなくもないだろうが、それを還元して鉄にするのは、況して適量の炭素を追加して鋼に製錬するのは、土魔法だけでは難しい。

つまり現実問題として、ユーリが土魔法で鋼鉄を作り出す事は、少なくとも現状では不可能と言ってよい――レベルが上がれば解らないが。

「そうなると……今ある鉄は大事に使わなきゃだし……土魔法で石材擬《もど》きを作り出して、それで武器を作るしかないか……」

斯《か》くのごとき仕儀《しぎ》を以《もっ》て、ユーリが常用する武器は、土魔法で作製した槍のようなものと、同じく土魔法で作り出した短剣のようなものと決まった。

何度も試作と改良を繰り返した結果、できる限り混入物を除いて細かくした土で作製する事で強度を高められる事が判明し、武器だけでなく包丁や鎌なども土魔法で作る事になった。ちなみに、土を耕すのは土魔法でやるため、鋤や鍬などの農具は作っていない。

＊＊＊

そうやって土魔法由来の刃物や道具を作っては使っているうちに、ユーリはある事に気が付いた。

「う～ん……魔力を通して使うと、少しだけ硬度が上がるみたいだな」

ユーリが土魔法で作った刃物は、魔力の通りが良いというのか馴染《なじ》み易いというのか、魔力を通してやる事で、強度と切れ味を高める事ができた。

「鉄ではそんな事はないみたいだし……土魔法で作った刃物の特徴かな？」

――少し、違う。

ユーリは一般的な事のように思っているが、これはユーリが作った「石器」――この場合は「魔製石器」になるのか？――だけの特性であった。

と言うか、庖丁の代わりが務《つと》まるような代物を土魔法で作り上げるなど……普通の土魔法持ちなら、そんな事に血道を上げたりはしない。普通に鉄器を求めれば済む事だ。ユーリがそれをしなかったのは、偏《ひとえ》にそれができない特殊な環境にいたためなのだが……結果としてユーリの土魔法をこれ以上無いほどに磨き上げ、洗練する事になっていた。

自分が土魔法で作ったものが、後に「幻の石剣」扱いされる事など、この時のユーリに判ろう筈もなかった。

14．麦の収穫

そろそろ裸麦が食べ頃なので、畑を廻って収穫していく事にする。いくつかはそのまま種籾用に完熟させる予定だが、それを抜きにしても当初思った以上の量が穫れそうだ。

村のあちこちに広がる畑に、しかもあちらに一株こちらに二株という具合に散生しているため、当初は生えている量を過小評価していた。しかしその後、改めて村内を見廻ったところ、思っていた以上にあちこちに生えている事が判ったため、予定を変更して、一部を種籾に残した他は食糧として消費する事にしたのである。

折角熟した裸麦を食べられては堪《たま》らないので、小鳥たちとは交渉の上、少なくとも今年実った分は食べない事、代わりに種籾用だったらしい古い麦を提供する——量的には寧《むし》ろこちらの方が多い——事、新しく得た種籾のいくつかは村の外の空き地に蒔《ま》いて殖《ふ》やす——こちらは小鳥たちの取り分——事、という線で合意に達している。神から貰った【言語（究）】だが、人間との交渉以前に、予想外の役立ち方をしていた。

そして、裸麦の収穫であるが……

「……やっぱり、鎌で地道に刈っていくしかないか……」

ユーリが少しばかり残念な様子なのには理由がある。折角貰った風魔法で一気に刈り払って……というような事を考えていたのだが、生憎と肝心の裸麦はあちこちに疎《まば》らに生えており、一気に刈り払って収穫というわけにはいかない。また、仮にそうしたところで、散らばった穂を拾い集める手間は変わらない。

と、いうわけで、地道に鎌で収穫していくしかないのであった。

覚悟を決めたユーリが一株一株刈り取っていったのだが、これが地味に重労働であった。ステータス値は平均より高いとはいえ、七歳児の手の大きさ——と言うか小ささ——はどうにもならない。小さな手で掴める茎の数は大人よりもずっと少なく、しかもここの裸麦ときたら、分蘖《ぶんけつ》数がいやに多く、一株のサイズが明らかに大きい。結果、一株を刈るのに大人の倍近い——慣れていない事を考えると恐らくそれ以上——の時間を要していた。

一株分を束にして纏《まと》めては、その都度《つど》【収納】に仕舞い込んでいく。そうやって村のあちこちにある畑を廻り——途中で昼食を挟んで——裸麦を収穫し終えた頃には、既に日は傾き始めていた。

本来なら、ここで「はざ掛け」をして刈った麦を乾燥させるのだが、ユーリは手間を省きたいのと、農作業に魔法がどの程度使えるのかを知りたいため、水魔法と風魔法、それに念のため――殺菌目的で――光魔法を発動しての乾燥を試みていた。

農作業のためというのは――世の魔術師たちから盛大なブーイングが聞こえて来そうなので――措《お》くとしても、同時に三つの魔法を併行発動するという事自体が規格外なのだが、新米転生者のユーリにそんな常識があろう筈もない。神から貰った膨大なMPと熟練度を存分に使い、三つの魔法を併行発動させて、裸麦の乾燥を進めていく。

「思ったより時間がかかった……脱穀、終わるかな……」

本来なら一週間ほど干しておくのを一時間足らずで終わらせておきながら、時間がかかったも何もないものだ……というような突っ込みを入れる者は、残念ながらここにはいない。

「さて……上手くいくか？」

ユーリが持ち出したのは、土魔法で試作した千歯である。麦用に歯の間隔は広めに作ってある。この辺りは、生前に趣味で読んでいた園芸書からの知識である。まさかこういう局面で役に立つとは思っていなかったが。

脱穀を終えた麦は暫く乾燥させておく必要があるのだが、これも先ほどと同様に魔法でさっさと片付けてしまう。

「もう時間も無いし……籾摺《す》りとか風選とかは明日かな」

尤も、早速試食する分を少しだけ用意するくらいなら、さして手間ではないのであった。

初めて収穫して初めて作った裸麦の粥は、正しい「はざ掛け」を省略したせいか思っていたほど美味《おい》しくはなく、けれど何とも言えず感慨深い味がした。

15. 麦藁

裸麦の籾摺りや風選は後に回すとして、麦刈りによって得られたもう一つの資源、すなわち麦藁をどうするか。

無い無い尽くしの廃村生活では、麦藁といえども立派な資源である。畑に撒いて防草用のマルチの代わりにするも良し、堆肥に使うも良し、燃料として使うも良し、縄や蓆《むしろ》の材料にするも良し、或いは……麻袋に詰め込んでベッド代わりにするも良し。

「……ベッドかぁ……今はともかく、寒くなったら暖かいベッドと布団は必要だよね。藁や干し草は、ベッドの詰め物に使う事も考えて、無駄遣いはしない方が良いか……」

乾いた麦藁は火付きは良いのだが、火力の点では物足りない。着火には火魔法を使うから、燃料としては普通の薪だけで充分だろう。いや、その〝普通の薪〟すら不足している有様《ありさま》なのだが。

「納屋の一つに薪が何束か残っていたのが幸いだったな……こっちもなるべく早く補充しなくちゃいけないいか……」

灯りについては、生活魔法の【点灯《ライト》】も闇魔法の【暗視《ノクトヴィジョン》】もあるので、現状そこまで緊迫感は無い。しかし燃料としての薪の方は、機会があれば集めておくようにするべきだろう。

――それはそれとして藁である。

「藁縄っていうのは魅力だけど……単純に強度で言えば、藁じゃなくて蔓だとか、草木の繊維を利用した方が丈夫なんだよね……」

生前読んだ本にもそういう事が書かれていた。正確に言えば、藁縄が劣っているとは書いてなかったが、草木の中に藁より丈夫なものがある事は知っている。また、【田舎暮らし指南】にも、草木の繊維から丈夫な縄を作る方法が載っている。藁の利点はと言えば、材料が多量に安定して手に入る事であろう。

「ある程度は藁縄にしてもいいけど、縄の材料として藁でなきゃ駄目……って事はないみたいなんだよなぁ……」

代替素材があるのなら、藁縄に固執する必要は無い。これは堆肥やマルチ材でも同じだろう。

「蓆は……農作業の時なんか、あれば便利なんだろうなぁ。けど……」

あれば便利という事は、無ければ無いなりにどうにかなるという事でもある。確かに使いどころはあるだろうし、その時になってすぐ用意できるというものでもない。それは確かなのだが、蓆一枚編むのにかなり多くの藁を使う事になりそうだし、藁の量に余裕がない現状では、気軽に編むという選択をしづらい。

となると……

「……消去法で、ベッドの詰め物かぁ……」

当初は予想もしなかった用途がピックアップされて、意外の念を禁じ得ない。

「そうすると……詰め物を入れるための麻袋みたいなのが必要になるんだけど……」

――そんなものは、ない。

そして、田舎暮らしの基本は……

「無いなら作る、か……」

そうすると、当面確認が必要なのは、麻もしくはその代わりに使えそうな繊維植物の存在である。

「明日にでも確かめた方が良いな……」

第二章　アウトドア素材探索

1．木綿以前のもの

一夜明けて、またまたユーリは村の中を見て廻る羽目になった。今度は今まで気にも留めていなかったもの、繊維素材となる植物が生えていないかどうかの確認である。日本の山村でも、麻だの綿だのは栽培していたところもあるし、ここにだって無いとは言い切れない。あたら有用な繊維作物を、雑草と間違えて捨てたりしたら悔《くや》しいではないか。

――と思って村中を見て回ったのだが……

「そう上手くはいかないかぁ……」

繊維作物らしきものも、製紙原料に使えそうなものも、村内には生えていなかった。或いはここの住人は、布や衣類は他所《よそ》から購入して済ませていたのかもしれない。

「そうなると……村の外に出るしか無いのか……」

つい先日イノシシの魔物《マッダーボア》と遭遇戦を演じたばかりのユーリとしては、あまり気の進まない結論である。とは言え無視しておけるような案件でもない。藁布団を作るための布だって必要だ。

繊維を採って、糸に紡《つむ》いで、布に織って、衣類に仕立てるという手間を考えると、早いうちに取りかからねば手遅れになる。特に原料の植物には、それぞれ採取の時期というものがあった筈だ。その時期を逃すと丸一年、採取の適期は巡って来ない。早い話が、この冬に着るものが無くなる。

「うん……待った無しだよね、これ……」

＊＊＊

腹を括《くく》って村の外に――柵が壊れている現状では、村の中も外も大して変わらないのだが――出たユーリは、【察知】を最大限に働かせながら、目に付いた植物を片っ端から【鑑定】していく。

いくつかの樹木の樹皮からも繊維が採れるようだが、木の皮を剥いで枯らすのは何となく躊躇いがある。再生産に問題のありそうな資源の収奪は、控えた方が良いような気がする。

「と、すると……対象は木じゃなくて草になるのか……」

一応は樹木にも【鑑定】をかけていくが、繊維植物としての本命は草になりそうだ。あるいは成長の早そうな灌木か……

そう思って見て回っていたユーリの目が、とある灌木に止まる事になった。

《ネリ：山野に広く自生する落葉低木。夏に白いエンスイカジョをつける。樹皮からは製紙用の糊が採れる》

カタカナの灰色表示になっている「エンスイカジョ」というのが何なのか暫く考える事になったが、やがて「円錐花序」だろうと思い当たる。複数の花を着ける植物の場合、その花の着き方や並び方を表す言葉が「花序」だったような気がする。

「う～ん……いずれ紙を作る時には必要になるだろうけど……今は要らないかな。あ、けど、その時になって手に入らなかったら困るから……今日のところは目印だけ立てておいて、後でいくつか村に植えておくか……」

一応目印代わりの枝を立てておいて、探索を続けるユーリ。その間も【察知】による警戒は怠らない。一度何やら獣らしき気配を感じたが、即座に【隠身】を発動してじっとしていると、やがてどこかへ行ったようだった。

ほぅと安堵《あんど》の溜息を吐《つ》いて探索を続けるユーリの前に、それが現れた。

《マオ：原野に自生する多年草。高さ一～二メートルになり、茎は木質。夏に淡緑色の小花を穂状に着ける。茎からは丈夫な繊維が採れる》

【田舎暮らし指南】の情報を調べてみると、開花前のマオから繊維を取り出す方法が記載されていた。これは有望かと思って辺りを見回すと、あちらこちらにかなりの量のマオを見出《みいだ》す事ができた。歩留まりなどが能《よ》く判らないので断言はできないものの、これだけあれば服の一着や二着はどうにかなりそうな気がする。

「収穫にはまだ早いようだけど……これなら使えそうかな？」

これまでにユーリが調べたのは、村の近くの狭い範囲に留まっている。他の場所にも生えているのかどうかは判らないが、とにかくここに生えているマオの成長を少しでも良くしておきたいと思ったユーリは、とりあえずマオの株の周りを軽く草刈りしておく事にした。使えそうな肥料がない現状では、それくらいしかできる事が無かったので。

「けど……鎌なんて持って来なかったしなぁ……」

採集のための根掘りの他に、藪漕《やぶこ》ぎのための剣鉈は持って来ていた。しかし、同じ草木を払う道具だとは言っても、虎の子の剣鉈で草刈りというのはあまりやりたくない。

「土魔法で作ってもいいんだけど……」

本来なら農作業のために貰った土魔法であるが、現状では土木工事や道具作りに大活躍である。特に道具作製の場合は、細かな部分まで作り込む事が必要になるためか、魔力のコントロール技術が上がる事上がる事。お蔭で土魔法の技倆《ぎりょう》は格段に上がっている。柄込みで鎌をでっち上げる事など、今や造作も無い。

しかし、折角の機会なのだから……

「ここは一つ、魔法で草刈りっていうのをやってみようか」

あまり使う機会のない風魔法を、この機に使って育ててみよう。そう思い付いたユーリであったが……

「……これって、メチャ難しいんですけど……」

茂りに茂った藪の中から、目当てのマオだけを残して、他の雑草雑木を刈る。

手で選り分けて鎌で刈るならさほどの難事ではないこの作業も、風魔法だけで行なうとなると、途端に難度が跳ね上がる。風――と言うか、この場合は【ウィンドカッター】――の出力と向きの精密な制御が必要となるのだ。

「……駄目だ、こんなの一々やってられない」

マオ一株の周りを刈るだけで精根尽き果てたような気がしたので、残りは鎌で刈っていく事にする。サクッと土魔法で作り上げた鎌を振るって、地味に草刈り作業に邁進《まいしん》するユーリ。

さすがに全ての株の周りを草刈りするだけの時間も無かったので、ある程度草刈りを済ませると、ユーリは探索を続ける事にした。マオ以外にも繊維素材として使えそうな植物があるかもしれないし、繊維以外にも有用な植物を見つけておくに越した事は無いのである。

そうして見つかったのが……

《オロ：山野に自生する多年草で、マオの仲間。茎は赤みを帯びる。表皮から繊維を採る他、内皮からも綿に似た繊維を採取する事ができる》

「……綿かぁ。そう言えば、糸や布だけじゃなくて、布団の詰め物なんかも必要だよなぁ……」

気が早いと言われそうだが、冬に備えて防寒用の素材の事も考えておく必要がある。現状ではマッダーボアの毛皮もあるし、他の動物の毛皮なども利用できるかもしれない。その中にはひょっとすると、ウールの代わりになるような体毛を持つ動物もいるかもしれないが……

「綿が採れるんなら、一応これも確保しておくべきかな……」

お馴染《なじ》み【田舎暮らし指南】師匠に拠《よ》れば、歩留まりはそれ程良くないようだから、相当な量のオロを刈り集める必要がありそうだ。

「まぁ……とにかく一度は試してみるしか無いよね」

オロが生えている辺りを軽く除草していると正午近くになったので、そのまま昼食を摂る事にする。今日の昼食は、【田舎暮らし指南】に従って毒抜きをしたリコラの澱粉《でんぷん》団子に、マッダーボアの肉を軽く炙《あぶ》ったものである。道々採っておいた山イチゴの実をデザートにすると、案外満足できる昼食になった。

軽く食休みをとりながら、この後の予定を考える。

当座の目標はクリアしたものの、今から村へ戻ったところで何をするという当ても無い。なら、もう少しこの辺りの植生を調べておこうと方針を決める。繊維素材以外にも必要なものは多いのだ。

いずれはこの辺りの様子も調べておく必要があるのだし、それが今日でも別に不都合は無い。

ユーリは少し休んだ後で、周辺の探索を再開した。そうして次に見つけたのは……

「わぁ……これが見つかるとはなぁ……」

ユーリの目の前にあるのは、身の丈を超えそうな高さの草。子どもの頃――今も子どもだが、生前の子どもの頃――見た憶えがある草によく似ていた。

「ケナフ……だったよな。……確か、木材に代わる製紙原料だとか言われてた……」

《ケンファ：日当たりの良い原野に生える一年草。成長が速く、条件次第では三～四メートルにまで成長する。内皮からは繊維が採れる他、製紙原料としても利用できる。芯材は加熱して圧縮成型すれば、セッチャクザイ不要でパーティクルボードとして利用できる。秋に大輪の花を着けるので、観賞用に栽培される事もある。ただし、茎に鋭い刺《とげ》がある事や、地面の養分を吸い上げる力が強くレンサクショウガイがある事などから、栽培する者は限られる》

「へぇ……パルプにできるのは知ってたけど……繊維も採れる上に、接着剤要らずでボードにできるのか……。刺があるのは見て判ったけど、連作障害の事は初耳……って、凄いな【鑑定】先生と【田舎暮らし指南】師匠」

ケンファは見た限りであちこちに生えてはいるが、その数は決して多くはない。連作障害があるという事は、いつまでもここに生えている事は期待できないかもしれない。利用するつもりなら、種子を採って村内で栽培する事を考えた方が良い気がする。

「まぁ……試しに繊維っていうのを採ってみてもいいかもね。マオとどっちが歩留まりが良いかも気になるし……」

何だかんだと結構色々な収穫があったな。そう思いながら、ユーリは村への帰途に就《つ》いた。

2. 蚊無しの話～除虫菊～

五月晴れのある日、有用な動植物は無いかと山野を見廻っていたユーリの目に白い花が映った。野草には珍しくやや大きめの花に興味を引かれて【鑑定】したユーリであったが、現れた鑑定結果に首を捻る事になった

《パイリット：日当たりの好い草地に生える一年草。初夏にトウジョウカジョを着けるが、周縁部のゼツジョウカの花弁《かべん》は白く、中央のカンジョウカは黄色。花の部分にサッチュウセイブンを含むので、虫除《よ》けに効果がある。異世界ニホンでジョチュウギクといわれるものにほぼ相当》

鑑定結果の所々……トウジョウカジョ、ゼツジョウカ、カンジョウカ、サッチュウセイブンなどの語がカタカナの灰色表示になっている。そう言えば、前にもこういう事があった。単に何かの不具合だろうと思っていたのだが、何か理由があるのかと気になって調べてみたところ、どうやらこちらの世界にはまだ存在しない概念のため、日本での単語をそのまま使用している箇所らしい。何とかそこまでは判ったものの……どういう日本語なのかが判らない。【田舎暮らし指南】の説明と首っ引きで調べた結果、次のように翻訳された。

《パイリット：日当たりの好い草地に生える一年草。初夏に「頭状花序」を着けるが、周縁部の「舌状花」の花弁は白く、中央の「管状花」は黄色。花の部分に殺虫成分を含むので、虫除けに効果がある。異世界日本で除虫菊といわれるものにほぼ相当》

この中で意味が解らないのは「頭状花序」「舌状花」「管状花」であるが、【田舎暮らし指南】の説明と、日本にいた頃の古い記憶を引っ張り出した結果……

（……そう言えば、キク科の花は、実は小さな花がたくさん集まったものだって聞いたような気がするな。周縁部の小さな花が一枚の花弁をつけ、中央の小花は花弁をつけないんだったっけ。普通にキクの花片《はなびら》と呼んでいるのは、実は周縁部の小花――これが舌状花《ぜつじょうか》――の花弁で、中央にある黄色い部分は、花弁をつけない管状花《かんじょうか》の集まりって事か……）

一般人なら「白い花で真ん中が黄色」というだけで済ませるところを、態々《わざわざ》学術用語を使って正確に、ただし解りにくく説明したらしい。【鑑定】も善《よ》し悪《あ》しだな――と、ノンビリした感想を抱いていたユーリであったが、寸刻の後に硬直する事になる。

〝……花の部分に殺虫成分を含むので、虫除けに効果がある……〟

――虫除け。

言い換えると、虫除けを使わないと、虫が寄って来るという事である。

――では、どんな虫が？

日本と同じように考えると、蚊などの吸血昆虫であろう……マラリアや日本脳炎、デング熱などの病気を媒介する……

（……冗談じゃない……）

ユーリはこちらの世界に来たばかりである。言い換えると、こちらの世界の病気に対する抵抗力は甚《はなは》だ心許《こころもと》ない。そんな状況で、危なそうな感染症を媒介する蚊に襲われるなど……

「冗談じゃない！　不許可だ！」

感染症のリスクを考えれば、到底容認できる話ではない。況してここは廃村。万一の時に助けてくれる医者も隣人もいないのである。一刻も早く対策を練らなくてはならない。

「何か……スローライフを目指していたのに……全然スローじゃないんだけど……」

怨みがましくぼやいてみるが、これは要するに、ユーリが人気《ひとけ》の無い場所を指定したための弊害《へいがい》である。神を怨むのは筋違いというものだ。

それに気付いたユーリは、今度は自分の浅慮を呪いつつ、対策に頭を悩ませていた。

「……除虫菊って事は、つまり蚊取り線香か。【田舎暮らし指南】に作り方は……あった!!」

幸いにして、お役立ちスキルの【田舎暮らし指南】がまたしても良い仕事をしてくれたようだ。簡単ではあるが、蚊取り線香の製造法が載っている。

「これなら夏には……げっっ!?　摘んだ花は半年ほど寝かせる!?　間に合わないじゃないか！」

頭を抱えたユーリであったが、背に腹は代えられないと、寝かす前の原料で作る事を決める。来年使う分については、きちんと寝かせた原料を使う事にしよう。

「いや……て言うか……今年の分だけにしたって、間に合うのか？」

あちこちに花が咲いているとは言え、どこぞの島の畑のように満開と言うにはほど遠い。

「……可能な限り探すのと……いくつかは村に持ち帰って栽培も考えよう。それと……周囲の雑草を刈っておくか。できたら肥料も与えたいところだけど……」

残念ながら肥料までは手が届いていない。それに、今の時点で迂闊《うかつ》に肥料を与えると、栄養状態が良くなった除虫菊に害虫が群がる危険性もある。

「とりあえずは草刈りと……倒れないように支柱でも立てておくか……」

3．蚊無しの話～蚊遣《かや》り～

幸いにして除虫菊……こちら風に言えばパイリットは見つける事ができたが、その量は些《いささ》か心細い。今後の探索で更に見つかるかもしれないが、見つからなかった時の事も考えておく必要がある。

「え～と……除虫菊って確か地中海地方の原産で、日本への渡来は明治頃だったよね。当然、それ以前には別の方法で虫除けをしていたわけだから……」

生前の……と言うか、転生前の記憶を振り絞って、蚊帳《かや》と蚊遣り――あるいは蚊燻《かいぶ》し――の事を思い出した。蚊帳《かや》についてはも子どもの頃に博物館か何かで見たくらいだが、要は目の細かい布で作ったテントのようなものだ。構造的に複雑なものではないが……

「……肝心の布がまだできてないんだし……蚊帳に回せるほどの量が作れるかどうかも判らないから、こっちはパスだな……」

来年以降はどうか判らないが、今年の対策としては採用できない。

「とすると……現実には蚊遣り一択かぁ……」

確か、昔の蚊遣り或いは蚊燻しには、ヨモギやスギの葉を使っていたとか読んだ憶えがある。

【田舎暮らし指南】師匠にお伺いを立てたところ、使えそうな植物はいくつか見当を付ける事ができた。要は盛大に煙が出ればいいのである。

「あ……竈《かまど》の煙って、ひょっとしてそういう役目も兼ねてたのかな？」

そう思い当たったユーリであったが、既に竈は改造済みである。冬の暖房用に煙を床下に通すのは譲れないが、夏の煙は煙突でなく室内に流すべきだったか——と考え込む。

「いや……そうすると、寝ている間も竈に火を入れておかなきゃならない。薪が勿体《もったい》ないし、火事の可能性だってあるよね……」

土魔法で造られたも同然の台所である。多少火の粉が飛んだくらいで、燃え移るようなものがあるとは思えないが……用心に越した事はないだろう。

「それに……蚊に咬まれるのは外の方が多いし……虫除けスプレーみたいなものも考えた方が良いのかなぁ……。いや、それよりも、携帯用の蚊取り線香みたいなのを作る方が実用的か……」

ここまで考えを進めてきたところで、「虫」というのが蚊に限らない事に気付く。

「……てか、媒介昆虫が蚊とは限らないんじゃ……ノミとかシラミとかツェツェバエとかサシガメとか……」

——それぞれ、ペスト・発疹チフス・睡眠病・シャガス病の媒介昆虫《ベクター》である。

「いや……感染症だけじゃない。軍隊アリみたいなのが襲って来て、一晩で骨だけにされる可能性だって……」

悪い方向に妄想が暴走している。あわやパニックに陥りそうになったが、落ち着け、と自分に言い聞かせる。

「……そこまで危険な生き物がいるかどうかは別として、媒介生物《ベクター》を増やさないか遠ざけるような対策は必要だよね」

マラリアや日本脳炎への対策も、媒介昆虫である蚊の撲滅から始まった筈だ。ボウフラが湧きそうな水溜まりなどが無いかどうか、チェックをした方が良いだろう。

「それと……感染した場合の治療の事も考えておいた方が良いな。……マラリアの特効薬はキニーネだけど……キナの木ってこっちにもあるのかな？」

地球では南米の熱帯に自生しているとか聞いた憶えがある。どうやらヨーロッパに似た気候らしいこの国に生えているかは微妙であるが……いや、それを言うなら、ヨーロッパに似た気候のこの国で、マラリアが発生するかどうかがそもそも疑問なのだが。

「平清盛《たいらのきよもり》の死因もマラリアだって説があるくらいだし……万一の事態に備えるのは当然だよね」

――というわけで、ユーリの関心は薬草の方に向いたのであった。

4．草の葉～薬草～

除虫菊《パイリット》の件で不安を掻き立てられたユーリは、村の周辺で見られる植物に片っ端から【鑑定】をかけ、薬草やハーブの類を探し出すのに血道を上げた。

その甲斐あって、解熱・鎮咳・消炎・鎮痛・利尿・健胃から下痢止め・痒《かゆ》み止め、打ち身・肩こり・疳《かん》の虫に至るまで、様々な効果のある薬草――と、ついでに毒草――を見つける事ができた。有用そうなものは持ち帰って栽培も試みている。どうせ畑は有り余っているのだ。

しかし……

「キナの木とか、それに近いものは無いなぁ……」

転生前の地球世界だと、キナの木からマラリアの特効薬たるキニーネを得る事ができていた。マラリアと言えば蚊が媒介する病気の代表みたいなものだけに、その特効薬があれば入手しておきたいのが人情である。

「まぁ……この世界にマラリアがあるのかどうかは判らないけど、用心だけはしておきたいよね」

デング熱や黄熱を媒介するネッタイシマカの方は気候的に分布が困難かもしれないが、マラリアを媒介するハマダラカくらいならいてもおかしくない気がする。

この世界ではどうなのかという疑問はあるが、可能性があるなら対策ぐらいは講じておきたい。

そう思って探しているのだが……

「う～ん……キナの木は南米だと二千五百メートル以上の場所に分布するとか読んだ憶えがあるしなぁ……この辺りだと生えてないのかも……」

気候帯を考えると微妙である。だがそうすると、これは山登りの必要があるのだろうか。

「……今の僕じゃ、そこまでの力量も経験もないしなぁ……。それに……今気付いたけど、森の中にだって蚊はいるよね……」

力量も経験も、ついでに装備も不充分なまま森への突入を強行し、跋扈《ばっこ》する魔獣や猖獗《しょうけつ》する悪疫に斃《たお》れるような事があっては、本末転倒もいいところではないか。

「……当分は温和《おとな》しく、草地で探索と採集を続けるか……」

もう少し力量を上げて経験を積めば、森の中に入る事はできるだろう。そうすれば、今より多くの薬草薬石を得る事もできる筈だ。今はそのための研鑽《けんさん》の時だろう。

――そう結論づけたところで、ユーリは発想を転換する事にした。

「現状で病気の特効薬は得られないんだから……病気に罹《かか》ったり傷を負ったりしても、それを治すだけの力があればいいんだよね」

前世ならここで滋養強壮とか健康食品とかに進むのだろうが、ここは異世界。剣と魔法と魔獣の世界である。考え方も自《おの》ずと違ってこようというものだ。

「……迂闊にも確認してなかったよ。魔法があるくらいだから、ポーションくらいあるよね？」

――あるも何も、神からの贈り物として【収納】の中に入っているのだが？

「……うん……まあ、細かい事は措《お》いといて……【田舎暮らし指南】師匠には……あった!!」

本来であればポーションの作成には【調薬】か【錬金術】のスキルが必要なのだが、なぜか【田舎暮らし指南】に製法が載っていた。上級のものを作るには色々と特殊な材料が必要なようだが、この辺りで得られる素材だけでも、何種類かのポーションが作製可能なようである。

舞い上がったユーリが急ぎ村に戻るなり、原料の尽きるまで作製に走ったのは言うまでもない。斯《か》くして、ユーリの小屋の床一面に、ずらりとポーションの容器が並ぶ事になったのだが……

「う～ん……何か、土魔法で作っただけの容器じゃ見映えも好くないな」

容れ物の見映えで効果が上下するものでもないと思うが、何かありがたみのようなものが感じられない。醤油《しょうゆ》でも入っていそうな気になるし、下手をすると実際に間違えそうでもある。

「材質かデザインか……差別化の事も考えた方が良いかな……」

5．草の葉～香辛料とハーブなど～

虫除けと薬草探しに走り廻っていたユーリであったが、その副産物という形で、薬草以外のお役立ち品もいくつか見つけていた。毒草の類《たぐい》はさて措くとしても……

「ハーブとかが思った以上に見つかったな」

ラノベなどでは、主人公が胡椒《こしょう》で大儲《もう》けする話が定番である。言い換えると香辛料が知られていないという事であり、ここフォア世界でも香辛料は手に入らないものと諦めていたのだが……

「胡椒は無いけど、香草《ハーブ》の類は結構あるわけか……地球でも昔の人は、こういうので食事の味付けをしていたんだろうな」

考えてみれば、伝統的な和食にも胡椒などは使われていない。代わりに山椒《さんしょう》や生姜《しょうが》、紫蘇《しそ》、山葵《わさび》や蓼《たで》などが多く使われてきた。

同様にユーリの住まう廃村の近くでも、それらと全く同じではないものの、案外に多くの香草類を見つける事ができていた。無論、それらのいくつかは村へ持ち帰って栽培するようにしている。神が厚意でくれた木魔法が大活躍である。肉類の臭み消しに使われるものや、ハーブティーに使われるものなどをいくつか見つける事ができ、ありがたく利用しているのだが……

「……けど、魔獣の肉って、あんまり臭くないんだよなぁ……」

意外な事に、これまでユーリが入手した──全てユーリを襲って返り討ちに遭った──魔獣の肉は、何れも驚くほど癖がない。寧ろ濃厚な旨味を持ち、軽く塩を振って焼いただけで充分なものがほとんどであった。これは昆虫・節足動物系の魔獣でも同じである。……まぁ、考えてみればエビやカニの親類筋なわけだが。

ともあれ、歯応えや食味は全く異なるものの、美味いという一点においては、魔獣の味はいずれも共通していた。

なので折角のハーブ類も、今一つ活躍の場を与えられていない現状ではあるが、

「ま、そのうち魔獣以外の肉が手に入るかもだし、その時ハーブがないと困るかもしれないしね」

乾燥させるなり何なりして、携帯用の調味料を作る事もできるだろう。実際にユーリは生前にハーブ塩なる商品を見た事がある。

「それよりも、これって……」

色々なハーブが入手できた中に一つ毛色の変わった……と言うか、思いがけないものがあった。

「ステビア……だよね。どう考えても」

《カウへ：日当たりの良い場所に生える多年草。草丈は五十センチ～一メートル。夏から秋にかけて白い花を咲かせる。全草に高甘味成分を含むが、花後十月下旬から十一月上旬に最も濃度が高くなるので、この時期に採集すると良い》

生前園芸に興味があったユーリは、ハーブに関する本もいくつか読んだ事があり、それに載っていたステビアに外見も説明もほぼ一致している。こういうのも収斂《しゅうれん》進化というのだろうか。だが、今はそんな事より、これを確保する事が重要だ。生えている数は多くないので、即座に持ち帰って栽培する事を決める。カロリーが高かろうが低かろうが、甘味の乏しいこの世界では重要な甘味料だ。

「気候的にサトウキビは当てにできないし、サトウカエデかテンサイでも探すしかないと思ってたけど……ラッキーだったなぁ♪」

幕間　酒精霊の出奔《しゅっぽん》

『……本当に行っちゃうの？』
『えぇ。跡継ぎがあんなじゃ、蔵の将来も暗いしね。他の酒精霊《なかま》に迷惑はかけられないし、残った蔵は箸にも棒にもかからないのばっかりだし』

——そんな会話が交わされているのは、ダーレン男爵領にあるハンの宿場町。近在の村々を結ぶ交通の要衝であり、領主への年貢が集結する拠点であり、そしてまた、近在の村人たちにとって最も身近な「都会」でもあり……小規模ながらもこの地域のハブタウンとして機能していた。

そんなハンの宿場町は、近郷近在から集まって来る村人たちでそれなりに賑《にぎ》わってはいるのだが……先ほどの会話をものしているのはそんな村人たちではなく、実はこの町に住まう精霊であった。

町を出て行くと宣言しているのは酒精霊の少女であるが、それにも一応の事情があった。端的に述べると、彼女がこれまで住み着いていた酒蔵で、先代の死去に伴う蔵主《くらぬし》の交代があったのだ。ところが跡を継いだ今の蔵主が、利益優先の——酒精霊に言わせると——我利《がり》我利《がり》亡者《もうじゃ》で、材料費や手間暇をケチったために、酒の質が酷く落ちたのだという。

こんな蔵にはいられないと飛び出したのはいいものの、他の酒蔵には既に先住の精霊がおり、そうでない酒蔵は——酒精霊が居着かないのも当然な——低レベルのところばかりであった。

これは駄目だと見切りを付けた彼女が、新天地を求めてハンの宿場を出る事にした……というのがここまでの経緯《いきさつ》なのであった。

『清々《すがすが》しいほどの五月晴れだし、お天道様もあたしの旅立ちを祝福してくれてるみたいじゃない』

『でも……大丈夫かなぁ。ここってこの界隈で一番の町だっていうよ？　他のところに酒蔵なんてあるのかなぁ』

『大丈夫だって。酒は人類の歴史と共にあるんだから。酒を飲まない人間はいないんだし、酒を造ってない町なんかないわよ』

『そうかなぁ……』

心配顔の精霊は、今度は別視点での危惧《きぐ》を表明して、出奔を宣言した少女を引き留めようとする。

『けど、人間って精霊《あたしたち》を害虫扱いしてるんだよ？　見つかったら消されちゃわない？』

『大丈夫だって。本気で隠れた精霊《あたしたち》を見つけられる人間なんていないわよ』

『そうかなぁ……』

依然として危惧の念は去らないものの、酒精霊の決意は固いと見て取ったお仲間は、不承々々《ふしょうぶしょう》にその出立を見送った。

『大丈夫かなぁ……あの子、割とお調子なところがあるから……』

＊＊＊

見送った精霊はともかくとして、意気揚々と旅立った少女の方は、酒精霊にあるまじき見落としをしていた。

今は五月、酒の原料となる穀物の収穫は無論、ブドウやリンゴが実るのも、半年近く先の事である。……言い換えると、この時期に酒の原料など手に入るわけがない。原料が無ければ酒など造りようがないのであって……近在の村々を廻った彼女が、虚しく手ぶらで立ち去るのは、そして――魔力に惹《ひ》かれて山へ入った彼女が運命的(笑)な出会いを果たすのは、もう少し先の事であった。

第三章　見えざるものの影

1．インビジブルマンティス

【察知】が一瞬だけ、しかも曖昧《あいまい》に反応した。

　僕は暫く足を停めて様子を窺ってみたけど、何も起こらなかったので、注意しつつ足を進めていった――【察知】が反応した場所へ向かって。

　攻撃を受ける直前に気が付けたのは僥倖《ぎょうこう》だったと思う。お蔭で辛《から》くも初撃を免れる事ができた。巨大なカマキリの化け物の、危険な鎌の一撃を。

「あ、あっぶねぇ～」

【鑑定】してみたら、インビジブルマンティスという昆虫系の魔獣らしい。背丈は僕よりずっと高いし、鎌の長さ――刃渡りでいいのかな？――だけでも五十センチ近い。普通のカマキリの鎌とは違って、獲物を捕らえるだけでなく、振り回して致命傷を与える事もできるみたいだ。

　保護色……と言うか、ほとんど【隠身】並みの隠れっぷりでじっとしていたから、【察知】だけでは充分に捉えられなかったみたいだ。動かないものに対しては、【察知】は反応しにくいらしい。

　僕が命拾いできたのは、普段から【察知】と【鑑定】を同時に使っているからだろう。村の外に出る時はほとんどいつも重ねがけしているので、レベルもどんどん上がっているしね。

【察知】で何かを感じとったら、その場所に対して【鑑定】をかける。この連動《コンボ》の効果には目を瞠《みは》るものがあり、多くの魔獣の接近を事前に知る事ができていた……今までは。

今回のカマキリは、向こうから突っ掛かって来るのではなく、僕が近づくまではじっと動かずに、射程距離に入った途端に急襲して来た。悔しいが、先手を取ったのは向こうの方だったわけだ。

【察知】だけに頼っている現状をどうにかしないと、森の中へ分け入るなど夢のまた夢だろう。

「……と、反省は後回しにして、今はこいつをどうにかしなくちゃ」

ただ……このカマキリ、初撃を躱《かわ》したら、それ以上襲って来ようとしないんだけど……

「……ある意味でクモに似てるのかな。捕まえられなかった獲物には執着しないとか？」

だとしたら、無理して戦う必要は無いのかもしれないけど、こんな危険な魔獣がいるとなると、おちおちここで動けない。転ばぬ先の杖《つえ》ってやつで、狩っておくのが正しいんだろうけど……

「……一応、会話が成立するか試してみようか……おい、お前、僕の言ってる事が解るか？」

話しかけてみてもじっと動かない。そろりそろりと近寄ってみると……

「――危なっっ!!」

射程に入った途端に再び攻撃して来た。駄目だこいつ。ほとんど反射だけで動いてるよ。

交渉は無理のようなので、安全保障のために狩る事にする。こういう手合いを相手にするには、間合いの外から片付けるに限る。ウィンドカッターで頭を飛ばしてやったんだけど、身体の方はしばらく動いていた。……不気味だ。

「……【鑑定】では食べられるって出てるけど……ハリガネムシとか寄生してないだろうな。鎌は武器とか素材に使えるみたいだけど……」

今までにも昆虫系とかそれに近い魔獣は何回か狩ったけど……正直、食べるのには抵抗がある。

――いや、今はそんな贅沢を言ってられる状況じゃないから、ちゃんと食べるけど。食べてみれば結構いけるけど。

「まぁ……食糧が手に入った事を喜ぶか……」

それよりも問題なのは、今回明らかになった僕の索敵能力の弱さだ。動きの少ない相手に対しては、今のレベルの【察知】だけでは上手く対処できないらしい。と、いう事は……

「……待ち伏せもだけど、罠とかあったら引っかかる可能性が高いって事だよね……」

この件は早急に対応すべきだろうね。

2. 対策と収穫

村へ戻ったユーリは、新たに出てきた課題について考える事にした。

罠については後から考える事にして……とりあえず待ち伏せ型の捕食者対策を重点に。考えられるのは次のようなものぐらいか。

- **赤外線を感知**
- **炭酸ガスを感知**
- **電波を発して、その反射波から察知**
- **音波を発して、その反射波から察知**
- **重力異常から察知**

三番目はいわゆるレーダーだが、電波というのはつまり可視光線と同じく電磁波の一種だから、光魔法で何とかなるのではなかろうか。……ただ、レーダー用の電波というのは、電子レンジと同じようなものだと読んだ憶えもある。他の生き物への影響が大き過ぎるかもしれない。

四番目はいわゆるソナーだが……音は光より遅く伝わるから、その分気付くのが――視覚による場合よりも――遅れる事になる。不利と言えば不利だし……何よりこちらから音波を出すと言うのは、闇夜に提灯《ちょうちん》みたいなもので、こちらの所在を気取られるだろう。この点ではレーダーも同じだが。……いや、それよりも、音を出すというのは何の魔法になるのか。音は空気の振動だから、風魔法になるのか？　……下手をすると、魔法の開発の方に時間を取られそうだ。却下である。

五番目の重力異常は巨大な質量を持つ相手にしか使えないし、元々は潜水艦相手の探知法である。魔獣くらいの大きさだと、感知できるほどの重力異常は発生しない可能性がある。

「……と、すると……消去法で赤外線もしくは炭酸ガスって事になるのかぁ……。【鑑定】と【察知】を組み合わせれば、何とかなるのかな……」

……ユーリはさらりと呟いているが、それが普通でない事には気付いていない。【鑑定】と【察知】を組み合わせて使用する……他の魔術師なら考えもしないだろう。二種類の異なる魔法を単に併行発動するだけでなく、両者を連動させる必要があるのだ。確かに有効かもしれないが、魔力のコストが大き過ぎる。普通の魔術師や冒険者なら、【察知】だけを鍛えて対応するところである。

「あ……けど、冷血動物だとか、じっとしている相手とかだと、発熱も呼吸も低いのか。……識別できるのかな……」

意外と面倒そうな事に気付くが、それはデータを蓄積して対処するしかないかと思い直す。

「けど……問題は罠の場合だよね。熱も炭酸ガスも放出しないし……」

罠発見のスキルなど持っていないユーリは、どうしたものかと頭を悩ませる。

「……結局は、普段から注意深く観察するように心掛けるしかないか……いや？」

【鑑定】を広範囲にかけて、人工物があったらそれを視野に表示させるようにしたら……？

いけそうな気がしたものの、これだとダンジョンのトラップなどは――人工物ではないので――反応しないような気がする。それに例えば、イラクサの茂みなどがあっても表示されないだろうから、却って気付くのが遅れるかもしれない。いや、そもそも……

「……本当にそんな事ができるのかどうか、試してみるのが先かな」

＊＊＊

ものは試しと村の中で暫く実験してみたユーリであったが……

「う～ん……やっぱり、視野に『人工物』マークを表示させると、そっちに気を取られて、他の危険に対する注意が疎《おろそ》かになりそうだな」

……と言うか、村内だとマークが視野を埋め尽くし、普通に歩くのすら難儀である。

「熱とかは……日の当たる場所だと周りの熱に紛れて目立たないな……炭酸ガスの方も、小さな動物だと判らないし……」

木々の梢《こずえ》に止まっている小鳥をターゲットにしてみたのだが、少なくとも日向で小鳥を見つけるのには向いてないようだ。

「……まぁ、そういう場合は普通に目と耳で探した方が早いよね。暗い場所とかでの探知には使えるかもしれないし……」

問題は、先日インビジブルマンティスに奇襲を受けたようなシチュエーション……日向の草原のような場所である。魔獣なら図体もそれなりに大きいし、熱や炭酸ガスで発見できるかもしれないが、罠のようなものはやはり難しくなる。

「結局は、今やっているような方法――【鑑定】と【察知】の連動――でいくしかないか。普段から注意深く観察するようにしておけば、経験さえ積めば何とかなるだろう」

――と、結論付けたまさにそのタイミングで、

《新たに【探査】のスキルを得ました。ステータス画面を確認してください》

「へ⁉」

あまりにもゲーム的な展開に驚いて固まるユーリ。

やがて再起動《きをとりなお》したユーリが怖々【ステータスボード】を開くと……

「……うわぁ……本当にスキルが生えてる……」

今まで【鑑定】と【察知】の連動で行なっていた事が、【探査】というスキルに纏められたようだ。ちなみに、熱や炭酸ガスの偏りについても、このスキルで調べられるようになっていた。

「……該当する行動を繰り返す事で、それがスキルに昇華するのか。VRゲームと同じだね」

……それなら、遣り方《やりかた》次第で罠を発見するスキルも生えてくるんじゃないか？

3．罠と軍拡競争、そして発見

このところ、ユーリは罠の作成に熱中している。理由は言わずもがな、自作の罠を仕掛けてそれを発見する事で、罠発見のスキルが生えてくるのを期待しているのだ。まぁ、どうせ練習なんだから、馬鹿正直に村の外に仕掛ける事もなかろうと、村の中に設置しているのだが。何しろユーリ以外の村人はいないのだから、誰に迷惑がかかるでもなし。その点は気楽なものである。

とは言え、道の真ん中に置いただけの罠を見て看破した事になるわけもなく、それなりに注意して設置する必要があるのは無論である。要するに、自分の【鑑定】を罠仕様に鍛えるためのデータを収集している状態なわけだが、根が真面目で凝り性のところがあるユーリの事だけに、段々と罠の構造もその設置法も凝ったものになっていた。

要は罠師としての技術だけが――戦果は全くないにも拘《かか》わらず――上達していったのである。それに呼応するかのように、罠発見の技倆も上がってゆき……

《新たに【罠師】のスキルを得ました。ステータス画面を確認してください》

新スキル獲得のお報せに、よしっとガッツポーズを決めたユーリであったが、続いてのお報せに戸惑う事になる。

《【罠師】が【田舎暮らし指南】に統合されました。ステータス画面を確認してください》

「……へ？」

＊＊＊

暫くの硬直の後、再起動《きをとりなお》したユーリが【田舎暮らし指南】を確認してみると……

「……これって、プルダウンメニューになってるの？　……判るわけないだろ、こんなもん……」

どうやら……いや、考えてみればそれを示唆するあれこれはあったのだが、【田舎暮らし指南】というのは一種の統合スキルであったらしい。気付いてみれば、その傘下に様々なお役立ちスキルが包含されていた。

さっき報された【罠師】も確かにその中にあるが、ユーリの目は違う箇所に釘付けになっている。そこには【調薬（初歩）】【錬金術（初歩）】【鍛冶（初歩）】という文字が並んでいた。ただし……

「【調薬（初歩）】はともかく、【錬金術（初歩）】と【鍛冶（初歩）】はグレー表示になってるんだけど……これって？」

説明を探して読んでみると、グレー表示なのは解放されていないスキルらしい。ここに至って初めてユーリは思い当たる。

「そういえば……今までにも、手作業で一通り工程を済ませたら、次からは妙にスムーズに作業が進んだりしてたけど……あれって……」

察するに、あれが「スキルが解放された」という事なのだろう。一旦そうなった工程は、手作業だけでなく魔法で代行する事もできるようだ。

「【調薬（初歩）】が解放された事になってるのは……やっぱり、この間のポーション作成が原因なんだろうな」

思い返してみれば、あの時も途中から妙に作業がスムーズになった。お蔭で大量のポーションを作成してしまったわけだが。

他にどういうスキルがあるのかと眺めていたユーリの目が、一つのスキルのところで停まる。

「【対魔獣戦術】？　何だこれ？」

判らないものは調べるだけだ。説明書きを読んでみると、これもまた統合スキルであるようだ。様々な魔獣ごとに、その対処法を纏めてあるらしい。魔獣の種類が多い上に、対処法にしても一つとは限らないために、必然的に統合スキル扱いになったようだ。

プルダウンメニューになっているのをいくつか開いてみると、ユーリが狩った憶《おぼ》えのある方法は解放済みの扱いになっている。それはまだ解るのだが、問題は……

「……方法というか、知識だけは事前に読む事ができたんじゃないか……それを知っていれば……何もあんなに……迷ったり悩んだりする必要は……」

がっくりと頽《くずお》れるユーリであった。

名前：ユーリ・サライ［去来笑《いさらい》 有理《ゆうり》］
種族：人間（異世界人）
性別：男
年齢：七
魔　力：170
生命力：91
筋力値：33
防御値：22

敏捷値：　２０
器用値：　２２
知力値：　４５
スキル：【生活魔法】【言語（究）】【鑑定（Lｖ６）】【収納（Lｖ３）】【察知（Lｖ６）】
【隠身（Lｖ６）】【水魔法（Lｖ４）】【土魔法（Lｖ４）】【光魔法（Lｖ３）】
【闇魔法（Lｖ３）】【火魔法（Lｖ２）】【風魔法（Lｖ２）】【木魔法（Lｖ２）】
【探査（Lｖ１）】【罠師（Lｖ１）】↓【田舎暮らし指南】に統合
ユニークスキル：【ステータスボード】【田舎暮らし指南】
加護：神々の期待

第四章　織りたき柴の木

1．刈り取り

七月半ばの早朝、ユーリはマオの生えている場所に来ていた——土魔法で作った鎌を携えて。

「【田舎暮らし指南】師匠によると、そろそろ刈り取りの季節の筈なんだけど……」

《マオから繊維を得るには七月中旬、開花前の茎を刈り取り、葉を取った茎をすぐに川か池に漬ける。これは、マオは乾くと皮が剥《は》げにくくなるためである。刈ったマオはその日のうちか、遅くとも一両日のうちに皮を剥く。剥いた皮も一旦水に漬けておき、ある程度纏まったところで外皮を取り除き、残った内皮を乾かして繊維の材料にする》

……という【田舎暮らし指南】の記述に従うなら、刈り取ったマオはすぐにでも川か池に沈めなくてはならない。問題は、マオが生えている場所には川も池も無い事である。

水桶を持って野原を駆け廻るというのは負担が大き過ぎる。水魔法で水球を作り、その中に突っ込んでおくという手も考えられるが……

（いや……【収納】に突っ込んでおけばいいんじゃないか？）

【収納】に入れてしまえば品質の劣化は無い筈だから、乾くのが拙《まず》いというだけならそれで充分な筈だ。そう思って暫く待ってみたところ……

「……うん。別に乾いてはいないみたいだ。これでいけそうだね」

――となれば、

「あとは刈って刈って刈りまくるだけ……」

……と、言いかけたところで気が付いた。

先々の事を考えると、このマオもいくつかは村内で栽培しておくか、少なくとも村の近くに植えておきたい。そのためには種子を確保しておく必要があるわけで、つまりは花を咲かせて実を生らせる必要がある。要は根刮ぎ刈り取っては拙いわけで……

「あ、あっぶな～……。うっかり全部刈り取るところだったよ……」

刈り取りというストレスを受けた事を考えると、マオには試作中の堆肥を与えておくか、或いは木魔法をかけて癒《いや》しておいた方が良いかもしれぬ。しかし、施肥によって急に成長の良くなった株が、昆虫などに食害される可能性も無いわけではない。それを考えると、念のために数株くらいは村の畑に移植しておくか？

「……だったら、どうせなら品質の良さそうなものを選んで持ち帰ろうかな」

種を採る事ばかりを考えていたが、木魔法があるなら挿し木を試みてもいいかもしれない。

そんな事を考えながら、ユーリはサクサクとマオを刈り取っていく。【収納】で品質の劣化無く保存できるなら、刈れる時に刈っておいた方が後々便利である。

何しろ初めての試みなのだ。歩留まりがどれくらいになるのか、言い換えると、どれくらいの繊維が得られるのか判らない。材料となるマオは多めに刈っていった方が良いだろう。

「何を作るかの検討は、後回しにするしかないな……」

この辺りはできた繊維の量を見て判断するしかない。

替えの衣服と言いたいところだが、衣服より先に布団だろう。掛け布団の代わりは毛皮で何とかするにしても、やはり敷き布団は欲しいところだ。冬への備えは言うに及ばず、今でさえ問題が無いわけではない。堅い床に直《じか》に寝ているためか、起きた時に身体の節々が痛いのである。

「干し藁とか干し草を詰めた袋なら、敷き布団代わりにもベッド代わりにも使えるよね……」

生前柔らかなベッド――ほとんどは病院のベッドであったが、寝心地はそれなり――で寝ていたユーリにとっては、心地好く安眠できるベッドというのは、地味ながら切実な問題であった。

2. 紡績

すっかり乾いたマオの内皮を眺めてユーリは呟いた。

「さて……こうしていても始まらない。内皮から繊維を取って、糸に紡いで、布に織って……それからだよね」

何を作るのかは布ができてから悩めばいいと、ユーリは内皮から繊維を取り出す作業に入る。細く裂いた繊維を繋いで細い一本の糸に績《う》み、更にそれに――切れないように水で湿らせながら――撚《よ》りをかけて丈夫な糸にする。後者の過程が撚糸《ねんし》と呼ばれる作業になるが、ユーリは【田舎暮らし指南】の記述に従って、紡錘《ぼうすい》を使って作業する事にした。

糸車を使えば更に効率的にできるのだが、大きな弾み車の回転を紡錘に伝えるためのベルト……その代用となる紐のようなものが無かったのである。革紐を作ろうかと考えもしたが、このためだけに皮を鞣して革にして……というのも面倒である。どうせ最初の試作なのだから、ここは手軽に紡錘で間に合わせようと考えたのだ。糸車を作るための木材も無いし、一から土魔法で作るのも大変そうだ――という事情もこの判断を後押ししたのだが。

斯《か》くして、慣れない手つきで織維を績《う》み始めたユーリであったが、【田舎暮らし指南】の効果なのか、何をどうやれば良いのかという手順が頭の中に浮かんでくる。そのイメージ通りに手を動かしていると、一通りの工程を熟《こな》した辺りから、急に手の動きがスムーズになった。

「……これが、【田舎暮らし指南】師匠の御利益《ごりやく》なのかな？」

どうもこの【田舎暮らし指南】、作業の手順を教えてくれるだけでなく、一度通してやり終えた工程であれば、作業のアシストもしてくれるようだ。恐らくスキルも生えているのだろう。我ながら熟練工並みのスムーズさである。

素人とは思えないスピードで織維を糸に績むと、ユーリは引き続いて紡ぎ……紡錘――「つむ」とも言う――を使っての撚糸作業に取りかかる。これも暫くやっていると、やはり手の動きが急にスムーズになって、熟練工に引けを取らないペースで糸が紡がれていく。

その日のうちに、収穫したマオは全て糸に加工された。これを布に織るためには、織機を用意する必要があるだろう。

＊＊＊

「……とは言ってもなぁ……」

【田舎暮らし指南】に記述があるため、織機については簡単なものから複雑な――なぜかジェニー紡績機の構造まで載っていた――ものまで、構造については理解できる。恐らくは、実際に作る事もできるだろう。……材料さえあれば。

「う～ん……土魔法で全部作ったら……重くなるよなぁ……」

総石材製の織機……想像もできないが、使いづらそうな気はする。重い分だけ慣性も大きい筈だから、色々と不都合が出て来る可能性も無視できない。

「そんな大規模な仕掛けが必要なほどの量でもないし……最初は簡単な竪織《たており》とかかなぁ……」

【田舎暮らし指南】の記述と図表――何とイラスト付きである。暇潰しに読むだけでも楽しそうだ――を斜め読みしながら、どういう形式にするかを考える。

一端を自分の腰に結《ゆ》わえ付けて座った姿勢で織る腰機《こしばた》は、上体を前後させたり寝かせたりと、姿勢と体重の移動で経糸の張り具合を調節できるのは便利だが、幅広い布を織るのは難しそうだ。上から吊して織る竪機《たてばた》は、幅はある程度まで広げられそうだが、天井の高さ以上に長い布を織るのには向いてない。さりとて織機を地面に置いた水平機は、作るのが手間な上に木材が必要になる。

「う～ん……布団が欲しいんだし、幅が狭いとその分縫う手間がかかるよね。……けど、あまり幅が広いと、今度は小さめの袋とかを縫う時に、裁断の手間とか無駄が出てきそうだし……」

結局は必要な布のサイズを決めるのが先になる。そう気付いたユーリは、最初は布団向けのサイズの織機を作る事にした。腰機だと少しやりにくそうな気がするので、上から吊すタイプの竪機にする。この幅の布でも、二つ折りにすれば穀物袋や衣服にも対応できるだろう。

もしも狭い幅の布が欲しくなったら、もう少し幅の狭い織機――と言うか、ビームや千巻《ちま》き、緒巻《おま》き、巻き棒などと呼ばれる二本の横棒――を用意すればいいのだ。構造の簡単な腰機や竪機なら、そのくらいの手間は何でもない。
ユーリは徐《おもむろ》に千巻き《ビーム》を土魔法で作り上げると、布を織る準備に取りかかるのであった。

＊＊＊

ちなみに、麦や芋などの収穫物を容れるものに関しては、土魔法で作製したやや小振りな瓶《かめ》にしまう事にした。ここユーリの村にあっては、布は瓶よりも高価なのであった。

第五章　大きな蜜の木の下で

1．この木何の木～ペピット～

　小麦やソバなどの収穫は既に終えているが、まだまだやる事は多い八月の下旬。涼しい朝のうちに農作業を終えたユーリは、午後からは例によって有用資源の探索に向かう事にした。今日は森の浅い部分にまで入ってみるかなと考えていたユーリに、話しかける者たちがいた。

『ひとのこ　なにしてるの？』
『どこへ　いくの？』
『ぺぴっと？　ひとりじめは　だめ』
『たくさん　なるから　だいじょうぶ』
『おいしいよね』

　ユーリが済《な》し崩《くず》しに餌付けする事になった小鳥たちであった。普段なら軽く挨拶《あいさつ》して別れるところだが、〝おいしい〟ものが〝たくさん〟あると聞いて、誰が放ってなど置けようか。小鳥の味覚については解らないが、話半分としても聞く価値はある。

『ぺぴっと？　それ、美味しいの？』
『うん　こっち』
『こっち』

『あ、待ってよ！』

ともすれば置いていかれそう――何しろ相手は空を飛んでいる――になるのを必死で追いかけて行くと、やがて森のやや浅い場所に案内された。そこには八メートルほどに育った木があり、赤い実をたくさん着けていた。ニワトリの卵のような形さで、ちょうど大きさもそれくらいである。

《ペピット：日当たりの好い場所を好むジカワゴウセイの常緑樹で、夏から秋にかけて鶏卵状で鶏卵大の赤い実を着ける。この実は生食もできるが、煮ると甘味が強くなる。大きなものは樹高八メートルにも達するが、若木のうちは根張りが浅く倒伏し易い。本来なら高地に生える種なので、暑さにはあまり強くない。異世界チキュウのツリートマト《タマリロ》に似ており、トマトと同様にグルタミンサンを多量に含むため、ウマミが強い》

ジカワゴウセイというのが何を合成するのか、一瞬解らず首を捻ったが、やがて「自家和合性」すなわち同じ株に咲いた花で受精できる、つまり一株あれば結実するという事だと気が付いた。

「ツリートマトって……けど、何かに似てるんだよなぁ……トマト以外で」

どこかで見た何かに似ているような気がして首を傾げていたユーリであったが、やがてクコの実を大きくしたような感じなのだと気が付いた。そういえば、あれもトマトと同じナス科だった。

「それよりも……グルタミン酸が豊富で旨味が強い？　料理に使えそうだよね」

試しに熟した実を一つ食べてみると、確かに酸味と甘味の中に旨味らしきものが感じられる。これは是非とも持ち帰らねば……と、意気込んだところで、先ほどの小鳥たちの忠告が思い出される。

「そうか……他の生き物も食べるだろうし……独り占めはいけないよね」

ふと見れば、遠くでこちらを窺《うかが》っているのはキツネのような動物だ。実を漁っていたところにユーリがやって来たので、慌てて逃げ出したらしい。悪い事をした。

まぁ、ユーリ一人がいくら採っても、悠々余りそうな数が実っているのだが。

「けど……これだけ実が生《な》ってるにしては、他の場所で見た事が無いんだけどな？」

不思議に思っていたら、小鳥たちが答えを教えてくれる。

『ちいさいのは　よく　むしに　くわれるよ』

『もりの　なかでは　そだたずに　かれるし』

あぁ、林内では光が足りずに育たないのか、と納得するユーリ。種子もそこそこ大きいので、小鳥たちが丸呑みして、糞《ふん》に混じって撒布《さんぷ》される事もあまり無いようだ。それに、厚く堆積した落葉の上では、落ちた種子が折角根を出しても、土まで届かずに枯れるだろう。周りには若木もいくつかあるが、実の数の割に少ないのはそういう理由らしい。

「だったら……若木を一つ持ち帰る代わりに、種子を発芽させてあちこちに植えてみようか。あ、でも、若木のうちは根張りが浅くて倒れ易いんだっけ。……支柱か何かで支えてやればいいか」

ある程度育ったら、村の隣の草地にも植えてみよう。小鳥や動物たちが好きに食べられるように。

2．この木何の木～メープル～

ペピットの木の事を教えてもらって、その恩恵に浴してからというもの、ユーリは――用心しぃではあるが――森の浅い部分にも探索の足を伸ばすようになっていた。モチベーションの多くの部分は、新たなペピットの木を見つける事にあったが。実際にいくつかのペピットの若木——とは言え、既に実を着けている——を見つけていたのだから、探索は充分な成果を上げたと言える。

——そしてこの日、探索の成果に新たな一頁が追加されようとしていた。

《メープル：春に小さな花を着ける落葉高木で、高さは四十メートルにも達する。葉は掌状に三～五裂する。耐寒性が高く、被陰にも強い。緻密で堅牢《けんろう》な材が取れる。樹液は二～五パーセントほどの糖分を含み、煮詰めて木蜜を得る事ができるので、「蜜の木」と呼ばれる事もある》

「……サトウカエデだよね、これって……」

一本だけではあったが、それは紛れもないサトウカエデ、この世界風に言うならメープルの木であった。そして……何よりも重要な事に、この木からは砂糖が採れるのであった。

「ステビアは確保してあるけど、あれは低カロリー……と言うか、事実上カロリー源にはならないしね。本格的な砂糖の原料は初めてかな」

ユーリ本人は、〝サトウカエデの樹液からは砂糖が採れる〟程度の事しか知らなかったが、幸いに有能な【田舎暮らし指南】師匠のお蔭で、糖分採集の詳しいあれこれを知る事ができた。それによると、メープルシロップの収穫は、初春（二～四月）の、昼夜の寒暖差が大きい二～三週間が最も適しているらしい。幹を傷つけて樹液を出させ、それを加熱濃縮してシロップ——こちらでは木蜜というらしい——を得るようだ。ただ……

「一本のサトウカエデから採れる樹液には限度があるし……下手に傷付け過ぎて枯れでもしたら元も子も無いし……木魔法で傷を癒すにしても、限度ってものはあるよね……」

そうすると、利用できるサトウカエ……メープルがこの一本だけというのは些か面白くない。

ペピットの時のように芽生えでもないかと探してみたが、芳《かんば》しい成果は得られなかった。

「耐陰性は寧ろペピットより高い筈なんだよな。暑過ぎるのか……それとも食害かな？」

理由はともかく、少なくともこの辺りには若木も芽生えもないようだ。

どうしたものかと暫し考え込んでいたユーリであったが、やがて一つの決断を下す。

「挿し木を試してみるか……生前の知識だと、モミジやカエデの仲間は挿し木が難しいような事を、読むか聞いたかした憶えがあるんだけど……」

発根促進剤は無いが代わりに木魔法がある。挿し木にまで効果があるかどうかは未確認だが、試してみても損は無いだろう。そう考えたユーリは、風魔法のウィンドカッターを放って、高い梢の一枝を落とす。そこそこ太い枝なので、充分な数の挿し穂が取れそうだ。

ちなみにマッダーボアとの遭遇戦以来、ユーリは毎晩寝る前に攻撃魔法の訓練をしている。当初は地水火風の四大魔法だけであったのだが、闇魔法と光魔法にも遠距離攻撃の手段があると知ってからは、それも訓練に加えている。インビジブルマンティスとの一戦の後は更に拍車がかかり、より遠くから、より速く、より強い一撃を放てるように鍛錬を続けていた。

最近では新たな試みとして、自分の前からではなく敵の眼前から魔法攻撃を放つ工夫に手を着けていた。言うまでもなく、自分の所在を隠したままで、敵への攻撃を放つためである。自分が「弱い」と確信しているユーリにしてみれば、不意討ち騙《だま》し討ちは戦術の基本なのであった。

ちなみに水魔法については、狩った獲物の血抜きを水魔法で行なっていたら、なぜかサクサクとレベルが上がっていた。血液のようなものを水魔法で扱うのは難しい事、それを繰り返しているために水属性魔力の操作スキルが上がった事などは、ユーリのつゆ知らぬ事であったが、レベルが上がった事自体は単純に喜んでいた。

――それはともかく挿し木の話である。

村の畑に持ち帰って木魔法で挿し木を試みたら、実にあっさりと活着した。拍子抜けである。

成長の季節は終わっている筈なのに、十日で一メートル以上も伸びた挿し穂を見ては、ユーリが欲を掻いたのも無理からぬ話であったろう。新たに挿し穂を入手した結果、数十本に垂《なんな》んとするメーパルの畑ができる事になった。冬には試験的に樹液を採る事ができるかもしれない。

ちなみに、メーパルの芽生えや若木が見当たらない理由については、小鳥たちが教えてくれた。

『ふゆに　けものが　たべるんだよ』

『うん　けものや　まじゅう』

『まるごと　たべちゃう』

冬季にエネルギー源を欲した動物や魔獣が、糖度の高い樹液を含むメーパルの芽生えや若木――若木の場合は樹皮下の層を――食害するため、それが原因で枯死してしまうらしい。

自分の畑に植えた苗は何としても食害から守ろうと、強く決意するユーリであった。

3. 奇縁なめぐり逢い

畑には充分な数のメーパルの苗木が育っているが、それでももう少し増やす事はできないだろうか。しかし、枝を切り取り過ぎてメーパルの母樹が弱っては元も子も無い。その辺りの様子を確かめようとメーパルの母樹の下にやって来ていたユーリであったが、そこへ馴染みの小鳥が一羽、慌てた様子で飛び込んで来た。

『行き倒れ……って、こんな山奥に？　え？　精霊？』

今一つ状況が解らないまま、それでも小鳥に急《せ》き立てられて現場に向かったユーリであったが
……そこで珍しい、少なくとも前世のラノベには出て来なかった場面に出会《でくわ》す事となった。――精霊の行き倒れである。

地面の上で光が弱々しく瞬いているが、現場にいた小鳥やネズミたちによるとあれが精霊らしい。ただし極端な魔力不足に陥って、今にも消えそうな状態なのだと言う。だったらMP回復用のポーションで何とかなるのでは。それなら練習も兼ねて作ったものが【収納】内にある。問題は……

（……これって人用のポーションだよね？　精霊に使ったりして大丈夫かな？）

何しろこのポーションには、単に薬用素材のあれこれだけではなく、ユーリの魔力も注ぎ込んである。自分が使う事しか想定していなかったので、他者の魔力にどう干渉するのかなんて検討はやってもいない。そんな代物を他人に、それも精霊に使用していいものか。

今一つ確信が持てないものの、どう見ても事態は切迫している。もはや一刻の猶予も無い。ええままよ、上手くいったらご喝采――と、半ば投げ遣《なや》りにポーションをぶっかける。小さな精霊の小さな口に、微量のポーションを含ませる……なんて、器用で悠長な真似をやっている暇は無い。幸いにこの賭けは吉と出たらしい。それまで弱く瞬く陽炎《かげろう》のような光でしかなかったものが、小さな少女の姿をとり、そして――

『ふみゅう～……』

――精霊は意識を取り戻したようだ。

＊＊＊

『え？　お酒の精霊なんだ？』

『正確には神酒とか、それに類するものの精霊ね。人の手によって造られた薬効を持つ飲み物が、あたしたちの力の元なの。だから、ポーションも一応その範囲に入るのよ』

『へぇ……（ソーマとかネクタルとかの類《たぐい》かな？）』

神とか精霊とかいうのは押《お》し並《な》べて自然物に由来すると思っていたが、考えてみればギリシア・ローマ神話のデュオニソスやバッカスは酒の神だし、日本にも松尾様《まつおさま》とかいう酒の女神がいたそうだ。酒の精霊ぐらいはいてもおかしくない……と言うか、自分でそう名告《なの》っている精霊が目の前にいるのだから、今更疑う余地は無い。

ちなみに、ポーションに含ませていたユーリの魔力は、精霊に何の悪影響も及ぼさなかったようだ。強いて言えば、精霊の姿がはっきり見えるようになったぐらいか。ユーリの魔力を取り込んだ結果、精霊の魔力の波動がユーリのそれと部分的に同調した事によるらしいが……当の精霊にも初めての事らしく、詳しい理由は判らないようであった。

（ま、僕の魔力なんてちっぽけなもんだし、精霊さんに影響を及ぼすほどでもないんだろうな）

……ユーリの誤解は健在のようだが、それはまぁいいとして……

『でもさ、なんでそのお酒の精霊が、こんなところで行き倒れてたの？』

つい先ほど精霊本人が、人の手によって造られた云々と宣《のたま》ったばかりだ。この辺りに住まう人間は自分一人の筈で、その自分は酒など――今のところは――造っていない。ゆえに、この近在に酒など無い筈ではないか？　それとも、昔の人間が密《ひそ》かに隠した古酒の名品があるとでも？

『いえ……そういうわけじゃないんだけど……』

問わず語りに話し出した精霊の言うところに拠れば、彼女は元々最寄りの宿場町にある造り酒屋に住み着いていたらしい。そこで酒造の手助けをする代わりに、できた酒のお相伴《しょうばん》に与《あずか》る――そういった関係を築いていたという。

『けど――そのお爺《じい》さんが死んじゃってね。代替わりしてから酒の質が落ちたのよ。あの二代目ってば、利益優先で材料費や手間暇をケチるもんだから……』

酒の切れ目が縁の切れ目とばかりに見切りを付けたはいいものの、まともな酒屋には既に先住の精霊がおり、そうでない酒屋は出来が悪くて食指が動かない。ままよとばかりに宿場町を飛び出し、上酒名酒を求めて旅立ったのはいいが、酒の精霊である彼女の眼鏡に適うような蔵元が、そう都合好く近在にあるわけも無く――結果、あちらこちらと彷徨《さまよ》った挙げ句に、魔力の高さに惹かれてこの山へ踏み込んだらしいのだが、

『……人跡未踏の山の中で、お酒を探すのは無理なんじゃない？』

『ほら、あたしってば神酒の精霊だから、山野には不案内なのよね』

『そういう問題かなぁ』

ともあれユーリの造ったポーションで回復し、どうにか人心地が付いたというところらしい。

ユーリの【調薬（初歩）】はまだ拙《つたな》いものだが、素材の品質がそれを補った結果、精霊のお眼鏡に

適うものとなったようだ。

『ま、今後とも宜しくね』

――気儘《きまま》な独り暮らしを楽しむつもりが、どうやら思いがけぬ同居人ができたようだ。

4. 酒を慕いて

やって来た精霊はユーリの家に居着くと決めたようだが、かと言って四六時中ユーリに蹤《つ》いて廻るつもりは無いらしい。目が合えば挨拶《あいさつ》ぐらいはするが、殊更《ことさら》近寄って話しかけるでもない。ユーリの事は気の置けない――もしくは気にする必要の無い――同居人と思っているらしく、ふらりとどこかへ出て行っては、またふらりと家に帰って来る。喩《たと》えて言うなら、同じ教室にいるそこまで親しくないクラスメイトの距離感に近いであろうか。同居人というより共生生物の感じに近いかも知れない。基本的には気紛れな猫のような性格らしく、会話の無いのも気にならないようだ。前世仕込みのプチ・コミュ障を引《ひ》き摺《ず》っているユーリとしては、寧ろありがたい性格と言える。

ただそうは言っても、呼びかけるのに名前を知らないと不便だろうと感じたユーリが、真名はともかく呼び名ぐらいは教えてほしいと訊ねたのだが――

『名前？　無いわよそんなの』

あっけらかんと言い放った精霊に、ユーリが呆気《あっけ》にとられる事となった。彼女の言うところに拠れば、精霊はそもそも名前を持たない。必要がある時は相手の固有魔力と同じ波長を発して呼び掛けるので、間違える事は無い。指紋や声紋をコード化したもので呼び掛けるようなものか。

『……認識番号みたいなものかぁ。でも、それって僕には無理だよね？』

『だったら好きなように呼べばいいわ。気に入れば返事をするし、気に入らなかったら返事をしないから』

愈々《いよいよ》猫っぽい気がするなぁと思いつつ、

『うーん……「マーシャ」って、どう？　僕の故郷の、お酒の女神様の名前に肖《あやか》ってみたんだけど』

京都嵐山《きょうとあらしやま》の松尾大社。そこに御座《おわ》す神は〝日本酒醸造の祖神〟として、全国の杜氏《とうじ》たちの崇敬を集めているという。

精霊はその名を甚《いた》く気に入った――〝酒の女神〟というのが琴線に触れたらしい――ようで、以後、彼女はマーシャを名告《なの》ることになった。……まぁ、ぶっちゃけ「松・尾・大・社」の最初と最後の音を拾い出しただけだが……本人は気に入っているようだし、余計な差《さ》し出口《でぐち》は野暮というものだ。

そして……日本の酒の女神の名を貰った彼女が当然のように主張したのは、この廃村で酒を造る事であった。無論、その提案は、

『却下』

――流れるようにユーリに拒否されたが。

『どうしてよ⁉　良い酒は心と身体に活力を与え、人生を実り多きものにするわ！』

『うん、僕の故郷でも〝酒は百薬の長〟って云うけどね……それを造るほどの余裕が無いんだよ』

廃村内に自生している麦では足らず、山菜などを掻き集めている状況なのだ。なけなしの食糧を酒に廻せるほどの余裕は無い。

『……少しだけでも駄目なの？』

『逆に聞くけど、そんな少量の材料で上手くいくもんなの？　お酒造りって』

前世の母親が、菓子はある程度の量で作らないと上手くいかない、少量だと誤差の影響がシビアに出過ぎる――とぼやいていたのを思い出しながら反問するユーリ。それにそんな少量では、一杯飲んだら終わりではないか。酒飲みがその一杯だけで満足できるのか？

『…………』

『ポーションじゃ駄目なの？　あれも一応は管轄内じゃなかった？』

『……効果は高いけど……あまり美味しくないのよ、ポーションって』

効能・栄養と味覚は別物だという熱い訴えには、ユーリも共感せざるを得ない。前世の入院生活でも、塩や油を減らすか無くした病院食が、入院患者に大不評だった。〝人はパンのみにて生くる者に非《あら》ず〟――と、先達の教えにもあったではないか。

『けど……無い袖は振れないんだよね』

＊＊＊

『……エールに廻す麦は無い、ワイン用のブドウは栽培してないって……何なのよあの村、終わってるんじゃないの？』

たらたらと不平を零《こぼ》しながら空を飛んでいるのはマーシャである。酒を諦めきれない彼女が食い下がった結果、そこまで言うなら自分で原料を探して来いと言い渡され……引っ込みが付かなくなった彼女が酒造原料を求めて、慣れない山野探索に励む羽目になっているのであった。

『……聞いた話だと穀物は当てにできそうにないし……狙うとすれば果実よね』

醗酵には基質となる糖分が必要であるが、充分な量の糖質を含む果実は多くない。糖度の低い果実を醗酵させるには、糖分を添加してやる必要があるのだ。ただ、酒造りに廻せるほどの糖質を抱えている村などそうそうあるわけが無く、マーシャはこの方面には見切りを付けていた。

……ユーリの村では数十本に垂んとするメーパルの苗が育っているのだが、シティ派を自称する彼女は迂闊にもそれに気付かなかったようだ。酒の精霊としてはいかがなものか。……気付いていれば執拗《しつよう》に食い下がったであろうが。

『あら……？　季節外れのラッツベルが実を着けてるわね』

日当たりの好い場所に生えるベリー類の一種を、飛んでいたマーシャが目敏《めざと》く見つける。やや小さいが汁気が多く美味な果実で、果期は初夏だが秋にも少しだけ実を着ける。糖度が低いのでそのままでは酒造原料にならないが、それでもおやつ程度にはなるだろう。後でユーリに教えてやれば喜ぶだろう。……決して点数稼ぎなどではなく。

＊＊＊

「う～ん……やっぱりお酒を造るのは無理だけど、逆にポーションの味を改良するっていうのはありだよね？」

前世入院していた病院でも、子ども向けに味を調整した水薬などが置いてあった。……肝心の味の方は微妙なものが多かったが。

「それくらいならメープルの蜜もあまり使わないだろうし……いや、カウヘ《ステビア》を使う方が良いかな？」

同居人《マーシャ》不在の村の中で、ユーリはそんな事を考えていた。

第六章　醤《ひしお》と野獣

1．発端

　リコラの澱粉やヨッパの鱗茎に始まり、先頃は裸麦・小麦・ソバ・芋の収穫も終わり、肉類は魔獣からそれなりに得られ、更には旨味成分を含むペピットの実や、メープルシロップやステビアといった甘味料の入手も射程に入った。酒の精霊《マーシャ》が転がり込んで来た事で酒造という選択肢も視野に入る事になったが、

「……そっちはまだまだ先の話だよね。何とか冬は越せそうだけど、酒の試作に廻せるほど食糧に余裕は無いし」

　そうすると――食糧の供給に目処《めど》が立てば、次は味が気になるのが世の常である。

「今のところ、調味料といえるものは岩塩しか無いんだよなぁ……魔獣の肉は焼いただけでも美味いし、塩味だけでも文句は無いんだけど……」

　それでも、もう少し味付けの幅が欲しい。

　飽食日本で前世を過ごしたユーリとしては、調味料が塩味だけというのは――遠からず甘味が追加されるにしても――やはり物足りないのであった。

「甘味・酸味・辛味・苦味・塩味の五つが五味で、これに旨味が加わるんだっけ……」

　現状は塩味だけ、近々追加できそうなのも甘味だけである。

「酸味は適当な果物を探せばいいし、辛味はある程度ハーブで間に合うんだけど……」

苦味はそこまで急がないとして、問題は「旨味」である。この味覚を発見・証明した日本民族としては、どうにかして旨味調味料を入手したいところなのだが……

「代表的な旨味と言えば……昆布のグルタミン酸、鰹節のイノシン酸、干し椎茸のグアニル酸……だったかな？」

グルタミン酸は昆布以外に、小麦のグルテンやドライトマト、大豆や肉類にも多く含まれている。と言うかつい先日に、グルタミン酸を豊富に含んだペピットというトマトっぽい木の実を見つけた――正確には小鳥たちに教えてもらった――ばかりである。イノシン酸は肉類が熟成する過程で作られ、グアニル酸は干した茸《きのこ》やドライトマトに多く含まれる。

「うん……入手できなくはなさそうなんだよね……」

本音を言えば味噌《みそ》と醤油が欲しいところだが、麹黴《こうじかび》は疎《おろ》か大豆すら無い現状で、そんなものが造れるわけは無い。

「……確かどこかのシェフか誰かが、トマトと茸と鶏肉とかで、味噌と醤油っぽいものをこさえたって読んだ憶えがあるし……この際、紛《まが》い物でも何でも、調味料さえできればいいか……」

残念ながら、件《くだん》の調味料の正確なレシピまでは憶えていない。さすがの【田舎暮らし指南】師匠にしても、そこまでは網羅していないようであった。

だが要は、ここで手に入る材料で、旨味調味料が造れるならいいのである。

「茸は今は手元に無いし……ペピットの実でトマトピューレっぽいものでも造るかなぁ……」

味噌と醤油の代用と言うには、少しと言う以上に毛色が違うんだけどな――と、些か残念に思っていたユーリであったが、ここである事に気が付いた。

味噌や醤油の旨味の正体は、大豆の蛋白質が分解されてできたアミノ酸、特にグルタミン酸だった筈だ。蛋白質が分解――というなら、何も大豆に拘《こだわ》る必要は無いのでは？

肉こそ蛋白源の最たるものだし、魚肉を醗酵させた魚醤《ぎょしょう》などもあったではないか。秋田《あきた》の塩汁《しょっつる》や奥能登《おくのと》の魚汁《いしる》、タイのナンプラーにベトナムのニョクマム。いずれも有名な旨味調味料だった。

なら……同じ肉には違いないんだから……魔獣の肉でも似たようなものが造れないか？　確か古代の日本では、肉醤《ししびしお》というものが知られていた筈だ……

「……うん……試してみる価値はあるよね……」

2. 試作

思い付くのは一瞬でも、実行に移すとなると別である。肉醤のレシピなど、生前の日本においてすら読んだ事が無いのだ。さすがの【田舎暮らし指南】師匠も、そこまでのフォローはしていない。

――だが、そのくらいで音《ね》を上げるようなら、そもそもこんな事を考えたりはしない。

「……肉には違いないんだし……魚醤の造り方を参考にしてみるか……」

なぜかこちらは載っていた魚醤の造り方を参考に、材料を魔獣の肉に代えただけの、似非《えせ》っぽい肉醤の製造に着手する。魚醤の材料は魚の内臓《わた》とか小魚なので、肉醤の方も魔獣の内臓を主に使ってみる。それが正しいのかどうかは判らない。今はとにかくやってみるだけだ。数年以内に食べられるものができたら、それこそ御《おん》の字《じ》であろう。

「確か……蛋白質の自己消化がどうとかって読んだ気がするけど……まぁ、いいか」

秋田の塩汁では麹を加えると――なぜか【田舎暮らし指南】に――書いてあるが、能《よ》く読めば麹を加えない製法もあるらしい。また、奥能登の魚汁は麹を加えないで造るようだ。現状で麹の入手の当てなどないので、今回は麹を加えずに試作してみよう。

――と、取りかかろうとしたところで気が付いた。

「……多分……成功しても失敗しても、臭いが凄い事になるよね……」

なので普段寝泊まりしている自宅ではなく、物置代わりに使っている別の家で造る事にする。適切な作り方など全く判らないので、製法や条件を変えたものをいくつか造って比較する事にした。

ちなみにマーシャは生臭そうな材料を見て、酒の原料を探すという口実で逃げ出したが、ユーリは特に気にしなかった。酒の摘まみになるなどと気付かれたら、あの呑み助《マーシャ》の事だ、試食と称する摘まみ食いによって試作に支障を来しそうではないか。

「醗酵・熟成に一年かぁ……長丁場になりそうだなぁ……」

＊＊＊

……などと殊勝に待っていたのは数日だけ。痺《しび》れを切らしたユーリは数日後には、善《よ》からぬ事を考えていた。

「……醗酵と腐敗って、本質的には同じだっていうよね。……だったら闇魔法とか土魔法で、同じような事ができないかな……？」

闇魔法に【腐蝕】という魔法を見つけたものの、幸か不幸かレベルが足りずに使えなかった。一方土魔法では、【堆肥化】の魔法がそれに該当するようであった。ただし……

「う～ん……【堆肥化】だと、一気に無機物にまで分解しちゃいそうだなぁ……アミノ酸とかエステルとかいう段階じゃないか。……それに下手をすると、醗酵を行なう微生物の餌である有機物を奪う事になりそうだよね」

そう上手くはいかないかと残念に思うユーリであったが、

「……あれ？　醗酵って微生物の働きだよね？　……温度を上げたら活溌になったりしない？」

現代日本で造られている魚醤でも、醗酵時に加温する事で反応を促進する事は行なわれている。それどころか味噌の製造においても、醗酵促進のための加温処理――温醸《おんじょう》或いは速醸《そくじょう》という――は、珍しいものではなくなっている。味噌本来の旨味などは劣るというが、本来なら一年ほどかかる醗酵の工程を、三ヶ月ほどに短縮できるとされている。ただし……

「……こっちには恒温槽なんて気の利いたものは無いからなぁ……」

火魔法という便利技術は確かにあるし、魔道具というものもそれなりに普及している。だが――少なくともユーリのレベルでは――火魔法にせよ魔道具にせよ、短時間に一気に「加熱」するならともかく、適切な温度に「加温」するのは、沉《ま》してその状態を数ヶ月にわたって「維持」するのは難しい。地獄の業火で焼き尽くすのと、長期にわたって適温を維持し続けるのとは、根本的に違うのである。

「……バイメタルなんてものは無いし、それ以前に、あれって電気の使用が前提だったよな。……

いや、そもそも正確に温度を測定する方法がネックか……？」

予想外の難問に頭を抱えるユーリ。恒温槽を開発しておけば、今後も色々と便利になるのは解っている。ただし現在のユーリの力量では、いつまでかかるのか判らないのもまた理解している。ユーリとしては旨味調味料が欲しいのであって、そのための技術開発が目的なのではない。目的と手段を取り違えるような事はしない。

暫し首を捻《うな》って唸《うな》っていたユーリであったが、やがて発想の転換に至る。

「……加温よりも、保温を考えたらどうなんだろう？」

秋の気配が日ごとに強くなってきている今日この頃、微生物の活動には不向きな時期が迫っている。加温に悩んで時間を浪費するよりも、保温を考えた方が実効性は高いのではないか？

「保温って言えば魔法壜《まほうびん》……ジャーとかポットだよなぁ……」

中身がオッサンなだけあって古めかしい言い回しが口をついて出たが、発想の方向は間違っていない。容器を断熱構造にすれば、温かいものは温かいままに、冷たいものは冷たいままに、保っておく事は可能である。

ただ、それが目的に適うかどうかというと……

「容器を断熱構造に？　……いや、そしたら外から温めようとしても、効果が薄くならないか？」

微生物の活動に伴って熱が発生する筈ではあるが、その活動を高めるために加温しようとしているのだから、これでは本末転倒になりかねない。

「温室……は無理としても、断熱効果のある箱か何かに入れておくか？　箱の中を暖めるには……あ、お湯なら……いや、直に入れるんじゃなくて、お湯入りの容器を箱の中に入れたら？」

原始的で、効果も限定的かもしれないが、その分仕組みは単純である。取っ掛かりとするには手頃かもしれない。

斯《か》くしてユーリは、醸造中の肉醤の一部に、原始的な温醸処理を試みたのである。

結果が出るのはもう少し先の事になるだろう。

3.その他の旨味食材

肉醤《にくしょう》についてはやれるだけの事はやり終えた。その結果が出るのは、早くても三ヶ月ほど――気温の低下を考慮に入れるとそれ以上――先の事になる。それまでの間はどうするか。

「指を銜《くわ》えてその日を待つだけっていうのも芸がないし……別に調味料でなくても、出汁《だし》を取る事はできるよね」

　という事で、旨味のある食材の入手に励む事になった。折しも季節はそろそろ秋。生前の日本では食を楽しむ季節であり、茸狩《が》りのシーズンでもあった。

「う～ん……やっぱり旨味って言えば、グルタミン酸・イノシン酸・グアニル酸だよね。多く含まれているのは……えぇっと………【指南】師匠……？」

《グルタミンサンはコンブの他に小麦のグルテンやドライトマト、大豆や肉類に多く含まれる。イノシンサンは肉が熟成する過程で作られ、グアニルサンは干した茸やドライトマトに多い》

「うん……こっちだと、小麦やペピットの実からグルタミン酸、魔獣の肉からイノシン酸とグルタミン酸、茸やペピットの実からグアニル酸……って事になるのかな？」

素材としては一通り揃っており、いくつかは【収納】の中にも保管してある。だが、今回ユーリには試してみたい事があった。

「……今までは、食料と言えばすぐに【収納】に放り込んでいたからなぁ……」

食材を新鮮なまま保管しておける【収納】はありがたいチートスキルであったが、それに頼ってばかりで他の方法に挑戦してみなかったのは手落ちであった。今、ユーリはその事を実感していた。

「……干したり熟成させたりすると、旨味が増すって……あったよなぁ……」

茸や鮑《あわび》などは干すほどに旨味が凝縮されると言うし、トマトも確かドライトマトの方が旨味がどうこうと聞いた憶えがある。肉なども低温で熟成させた方が美味いと聞いた。

だが、万事【収納】に頼ってきたユーリは、そっちの方面まで手を伸ばす事がなかったのである。

「ペピットの実と茸は……そうだな、半分、いや、三分の一でいいか……干すのに廻してみよう。……多分、水魔法で脱水しただけじゃ駄目なんだろうな……」

念のために【田舎暮らし指南】を開いてみると、食材を日干しにする時の注意点が載っており、魔法で脱水させただけでは美味しくならないとも書いてあった。なので無精《ぶしょう》は諦め、素直に日干しにすることにする。

――問題は肉である。

「確か……日本では微妙な低温で熟成させてたんだっけ……？　一般家庭用の冷蔵庫だと難しいとか聞いた事があるんだよな……」

熟成の温度など憶えていないし、それ以前にユーリは冷蔵の魔法が使えない。

「……暑過ぎない場所に一日か二日置いて……あとは【鑑定】でチェックしながら、最適な条件を探っていくしかないか……」

幸か不幸か、目下《もっか》のところ肉の入手には困っていない。何かユーリに怨みでもあるのか、魔獣たちはユーリを見るなり突っ込んで来る。返り討ちにした魔獣の肉で、【収納】が溢《あふ》れ返っているのが現状なのだ。

そして、溢れ返っているのは肉だけではなく……

「骨も余ってるから、これも出汁《だし》……と言うか、スープを取るのに廻すか。何時間かしっかり煮込んでアクを抜かなきゃいけないけど……」

面倒な手間ではあるが、美味追求のためには仕方のない事だろう。

「あとは……外に出る時は茸に注意するか。カロリー源にはならないけど、旨味の素だしね」

シイタケのように旨味豊かな茸が採れれば……期待の膨らむユーリであった。

第七章　秋の山

1．団栗ころころ

ユーリ自作の暦――転生時の日本時間を基《もと》に作成したもの――で十月に入った頃、山の木々が色づき始めると同時に、予《かね》て目星を付けておいたドングリが実を落とし始めた。

森の比較的浅い場所でクヌギとウラジロガシ――こちら風に言えばダグとシカ――を見つけてからというもの、ドングリが生《な》るのを待ち構えていたユーリはいそいそと採集に向かった。目的は独《こ》楽《ま》やヤジロベエを作って遊ぶため……ではなく、無論食糧としての採集である。

そのままでは渋くて食べづらいが、水に晒してアクを抜いてやれば食べられるのは確認済みだ。日本でも縄文の時代から利用されてきたであろうドングリである。みすみす見逃すなどという選択肢は、少なくとも今のユーリには無かった。

つい先頃、村の中に植えられていたナツメ……こちら風に言うとジュバの実を収穫したが、これはどっちかというと嗜好品《しこうひん》のカテゴリーになる。肝心の主食の方はと言えば、備蓄はまだまだ安心できるレベルに達していない。多少渋かろうがアク抜きに手間が掛かろうが、あると判っている食料を見逃すような贅沢はできないのであった。

「本当は栗が欲しかったけど……有るか無いかも判らない栗より、今ここにあるドングリだよね」

水に晒すのが多少手間だが、ドングリから澱粉が採れるのなら、粉食の頻度を増やす事ができる。

転生以来、食事と言えば裸麦の挽《ひ》き割り粥が延々と続き、偶《たま》に食べるヨッパの鱗茎やリコラの澱粉団子がご馳走という日々を過ごしていたため、うどんや水団《すいとん》が食べられるなら、小麦粉だろうが団《どん》栗粉《ぐりこ》だろうが大歓迎……というのが、ユーリの偽らざる心境である。それに加えて……

「ドングリ粉だと却って素朴な感じで、干しナツメを混ぜ込んでクッキーなんかにしたら、意外と合うかもしれないし……」

……などという野望も広がってくる。干しナツメの微《かす》かな甘味と素朴なドングリ粉のクッキー。考えるだけでも美味そうである。

斯くてユーリは――山の動物たちの食べる分を圧迫しない程度に――せっせと、ドングリ拾いに精を出すのであった。

余談ながら、マーシャはユーリと一緒でも、頑なに森の奥に入ろうとしない。以前酷い目に遭ったらしい。一体どんな窮地に陥ったのかと、密かに心配していたユーリであったが、小鳥たちに訊いたらあっさり教えてくれた――蜘蛛の巣に引っ掛かって藻掻いていたのを見た事があると。

＊＊＊

「あ……見つかっちゃったかな？」

ドングリを食料としているのはユーリだけではない。他の動物たちも当然ドングリを餌にしている。そんな動物たちの食い扶持《ぶち》を圧迫しないようにと、ユーリは一ヵ所で根刮《ねこそ》ぎに採集する事を避け、あちこちから少しずつ拾い集めるようにしていた。ダグとシカの木があちこちに広く生えていたからこそできる事である。

そうやって採集の範囲を広げていくと、それに応じて新たな発見も出てくる。

念願の栗と、ついでに渋みのない樫《かし》の実――多分マテバシイに似た種類――を見つけたのである。

嬉々としてそれらを拾い集めていたユーリであったが、〝好事魔多し〟とは能《よ》く言ったもので、その間も発動していた【探査】と【察知】が、何かの動物――恐らくは魔獣――にロックオンされたらしいことを報せてきたのだった。

ちなみに【隠身】を使っていなかったのは、常時発動の試験中に、ユーリに気付かず激突する小鳥や昆虫などが続出したためである。魔獣に見つかってから【隠身】を使っても、いや、場合によってはそちらの方が撹乱の効果は高いので、常時発動は却下となっていた。


「モノコーンベアか……【対魔獣戦術】に載ってたとおりの姿だな……」

ユーリにとっては初見の魔獣であるが、それは未知の魔獣である事を意味しない。

自分の力量は「最底辺」であると固く誤解しているが故に、ユーリは対魔獣戦の研究と研鑽に時間をかけていた。【田舎暮らし指南】に包含される【対魔獣戦術】のテキストには隅から隅まで目を通し、内容をほぼ暗記していたのである……性質や特長、そして弱点から闘い方に至るまで。

そして……それら魔獣との遭遇戦があることを期して、毎晩のように身体及び魔法のトレーニングを欠かさなかったのであった。

「さて、戦闘開始かな」

ユーリを手頃な餌と見たのだろう、一声吼えたモノコーンベアが突っ込んで来た。

2. 穴にはまって……

猛スピードで――と言いたいところだが、狼系や猪系の魔獣に較べるとやや遅いスピードで、ただし気勢だけは充分に乗せて――襲って来るモノコーンベアは、当然四足駆動で走っている。

――と言う事は、熊系の魔獣最大の武器である前腕とその爪が使えないという事であった。

冷静にそれを見て取ったユーリは、現在の好条件をそのまま活かした戦術を採る事にする。

「【掘削《ホーリング》】」

ユーリの土魔法によって、直径一メートル半ほどの穴が突如として出現した……疾駆するモノコーンベアの直前に。

避《よ》ける間もあらばこそ、モノコーンベアは真っ逆さまに穴の中に突っ込んで行く事になった。モノコーンベアの体長は二メートル強。ユーリが生み出した穴もそれくらいの深さがあった。伸ばした前腕で身体を支えているため、完全に嵌り込むには至っていないが、それでも重心は完全に穴の中にあり、穴から出るのはまず無理である。辛うじて外に出ている後ろ足をじたばたさせているが、それで事態が改善するわけでもない。

「うん……一応、教本どおりにできた……かな？」

些《いささ》か心許ない様子で呟くユーリであったが……敢えて言わせてもらうなら……違う。

教本こと【対魔獣戦術】のテキストに載っていたのは、危険を避けて大人数で狩る場合の方法で、その一つとして〝予《あらかじ》め罠を仕掛けておいた場所に追い込む〟というのがあっただけである。突進中のモノコーンベアの足下に落とし穴を生み出す――などという規格外の方法では断じてない。

尤も、これに関してはユーリにも言い分というものがある。【対魔獣戦術】の教本に載っている方法のほとんどは、成年の、冒険者もしくは兵士が、集団で、討伐を行なう場合の戦術であった。

つまり……七歳児が、単独で、凶暴な魔獣を、狩る場合の戦術についての記載は無かったのだ。

――健全な良識というものであろう。

しかし、載っていないからと言って、何もせずに手を拱《こまね》いているわけにはいかないわけで……結局は使えそうな方法を探し出し、それを適宜アレンジして対処するしかなかった……というのがユーリなりの言い分であり、その結果として現在の状況に至っているわけである。

「さて……」

ユーリは徐《おもむろ》にモノコーンベアに近寄ると、土魔法で作り出した杭をその肛門に当てる。些か尾籠《びろう》に思えなくもないが、古来肛門は急所の一つとして知られている。考えてみれば、腸という内臓の一端が剥き出しになっている部位なのだ。そこに石杭など突っ込めば、内臓を突き破って致命傷に至るのは明白である。落ち着いた様子で石杭に力を込め……ようとしたところで気が付いた。

「……このままやっちゃったら……腹の中は糞塗《くそまみ》れだよね……」

どれだけ洗ったところで臭いが抜けるかどうか怪しいし、仮に臭いが抜けたところで、そんな肉には食指が動きそうにない。かと言って、折角得た肉や毛皮を打ち棄てていくわけにもいかない。

そんな贅沢をするゆとりなど、ユーリにはこれっぽっちもないのである。

「参ったな……この状況で、どうやって留《とど》めを刺そう……？」

モノコーンベアの上半身がきっちりと穴に嵌り込んでいる現状では、心臓や延髄、喉笛などの急所に攻撃を加える事は不可能である。土魔法で穴の底を盛り上げてモノコーンベアを取り出す事はできるが、そんな事をすれば戦いが再燃するか……もしくは危険を悟ったモノコーンベアが一目散に逃げ出すだろう。どちらにしても、ユーリの望む結末ではない。

グォー、ウガーとなおも唸り続け藻掻《もが》き続けているモノコーンベアを前に、ユーリは自分の手札の少なさに凹《へこ》む事になった。

結局のところ、ユーリは落とし穴をもう少し深くしておいて、水魔法で生み出した水を中に注ぎ込む事にした。幸いモノコーンベアは、穴の中で逆立ちしている状態だ。穴の深さの三分の一も水を注ぎ込んでやれば、浮力で若干浮く事を考えても、頭部が水没して溺死する事が期待できる。

斯くしてユーリは、溺殺《できさつ》という珍しい手法によって、モノコーンベアを狩る事に成功した。

3. 土壌が出てきて……

予想外の展開になって多少手間取りはしたが、まずは大過無《たいかな》くモノコーンベアを狩る事ができた。……できはした。

「……けど、もう少し攻撃の幅を広げないと駄目だな。この程度のクマに手子摺《てこず》ってるようじゃ、森の中に踏み込むなんて自殺行為だよ。きっと、物凄く強力な魔獣がいるんだよね……」

――モノコーンベアはC級相当の魔獣であり、それもできるだけ複数の人員で対処するのが望ましいとされている。……間違っても、七歳児が単独で討伐するようなものではない。

「はぁ……もっと魔法の威力を上げて戦術の幅も広げないと。帰ったら訓練内容の見直しだな」

以前にも述べたが、ユーリは神からの手紙の記述を誤解したために、己の能力はこの界隈で生き延び得る「最底ライン」であると固く信じ込んでいる。それもあって、ユーリはこの地で生きていく上で、二つの方針を決めていた。

第一に、魔法をはじめとする自衛能力を高め、万一の場合に備える。

第二に、森などの危険な場所に近づくのを、可能な限り避ける。

食糧採集という大目的があるにせよ、ユーリは森の深い部分に分け入るのは避けていた。しかし、それでもなお――不可解なほどの高確率で――ユーリは魔獣と遭遇していたため、戦闘能力の底上げも急務であるとして訓練を続けていたのである。

その結果、単独でC級相当の魔獣をあっさりと屠《ほふ》るまでに至っていようと、その事実をユーリが知る事はないのであった。……いや、仮に知ったとしても、病的なまでに用心深いユーリであれば、更に凶暴な魔獣がいる筈だと備えを堅くするだけであろうが。

「……充分に闘えるまでは、できるだけ森には近寄りたくないしなぁ……」

――まだ充分ではないらしい。

「やっぱり、こいつも持ち帰って栽培するか。……芽生えは無いかな？」

モノコーンベアをあっさりと【収納】に仕舞い込むと、もうその件は終わったとばかりに再びマテバシイ擬きのドングリ――と、その芽生え――に関心を移す。

普段なら芽生えを魔法で掘り取って、ついでに挿し木用にいくつか枝を切り取って、そのまま村に持ち帰って終わりにしただろうが、今日のユーリは少し違っていた。

クマ狩りに落とし穴を掘った——落とし穴は元通りに埋め戻してある——事もあってか、芽生えを掘り取った後の土壌の断面を観察してみたのである。

「……へぇ……落ち葉の層が思ったより厚いんだ……」

通常、森林の林床には厚く堆積した落ち葉の層が積もっている。その下部は土壌動物などによる破砕と分解を受けて細かな粉のようになっており、樹木の根や菌糸がみっしりと伸びて土壌をホールドしている。未舗装の道路など裸地で見られる鉱質土の層は、更にその下に存在する。

「ふぅん……こうしてみると、今の畑の状態は、森の土とはかなり違うんだな……」

少なくとも森から持ち帰って植えている果樹などは、地表を落ち葉か何かで覆ってやった方が良いだろうか……と考えていたユーリが思い出したのは、生前の日本で有機農業とか自然農法と呼ばれていた農法の事である。確かあの中に、不耕起のまま地表に枯草などが積もるに任せた畑の事があったような気がする……

「そういえば……マルチングとかいって、藁やビニールで畑の表面を覆う方法もあったっけな」

森林の土壌断面の観察から、思いがけず農地管理のアイデアを貰った形のユーリであったが、同時に別の事にも思い当たる。

「あ……前に芽生えを移植した時、土魔法だけだと上手く掘り取れなかったのはこのせいか」

あの時は、芽生えを掘り取るわけだから木魔法も必要なのかと思って、両方を一緒に使って事無きを得たのだが……どうやら、土壌中に密に張り巡らされた根の存在が、土の移動を妨げていたらしい。木魔法を併用する事でスムーズにそれらを避ける事ができて、移植対象の植物だけを掘り取る事ができていたようだ。

「実際に見ないと判らない事って、あるもんだなぁ……」

4．喬木林

「どう考えても……森の中に入るしかないかぁ……」

気の進まぬ様子で腕を組み呻吟《しんぎん》しているのはユーリ。目下《もっか》の悩みは木材の入手についてである。

日一日と夜の冷え込みも厳しさを深め、真剣に薪の用意に取り組む必要が出てきた。今までは村内の雑草や雑木などで賄ってきたが、それもそろそろ厳しくなりつつある。

夜間の灯りについては、ユーリは闇魔法の【暗視《ノクトヴィジョン》】が使えるので、それほど多くを必要としない。細い草を灯芯にした獣脂蝋燭で充分間に合っている。

しかし、それ以外の燃料はそうもいかない。例えば調理である。火魔法でいいだろうと思って試してみたら、想像以上に火勢のコントロールが難しかった。大火力で一気に焼き払うのと、適切な火力を長時間にわたって維持するのは全く別次元の問題で、しかも後者の方が格段に難しかった。

冬に備えて薪を確保するのは生死に関わる要件であるが、それ以外にも、

「燃料だけじゃなくて、建築や加工の材料としても、木材が必要なんだよなぁ……」

大概のものは土魔法で作ってしまうユーリであるが、さすがに全てを土魔法で賄うのは難しい。燃料の事もあり、木材の入手は喫緊の課題となっていたのだが……魔獣の犇《ひし》めく森の中に分け入る危険は別にしても、大きく二つの問題があった。

第一は、何を以て木を伐るのかという問題である。ここは生活必需品にすら事欠く廃村。斧《おの》など

という文明の利器は無いのであった。

「……まぁ……金属器なんて無い大昔にも、人類は石器で木を伐り倒してたんだし……何とかなるとは思うけど……」

場合によっては魔法だって使える。木を伐るのに適した魔法が何なのかは不明だが、雰囲気的には風魔法の【ウィンドカッター】の出力を上げれば、何とかなりそうな気もしている。土魔法で生み出した「魔製石器」で、コツコツ伐り出してもいいだろう。鉄器に較べると重さが足りないが、そこは底上げされたユーリの力でどうにかするしかない。

――問題は二つ目の方である。

「今伐り出しても……生木だと燃えにくいよなぁ……。乾燥にどれだけ時間がかかるんだろ……」

食材の端切れを脱水する程度ならいざ知らず、丸太を乾燥させるとなると、桁違いに難度が跳ね上がる気がする。無理矢理に急速乾燥すると、罅《ひび》や反《そ》りが入るだろう。木材としては使いにくくなるのではないか。かと言って自然乾燥に任せていたら、どれだけ時間がかかるやら知れたものではない。早めに木材の手配を済ませなかったユーリの、失態と言えば失態なのだが……

「けどなぁ……自衛の能力を高めてからじゃないと、危なくて森には近寄れなかったし……」

そう。そういった事情があったために、木材の入手に遅れが生じたのだ。これはある意味で仕方のないことであったろう。

「枯れ木でもあればいいんだけど……」

＊＊＊

『かれたき？　あるよ』

『うん　もりのなか　たくさん』

『本当に⁉』

――事態が一転したのは翌日の事である。

いつものように小鳥たちに餌を与えながらぼやいていたら、それを聞いていた小鳥たちが耳寄りな話を教えてくれたのだった。つくづく近所付き合いというのは大事である。

半信半疑ながらも、小鳥たちの教えに従って森のやや奥へと踏み込んだユーリが見たものは……

「おぉ……本当だ。……結構あちこちにあるよ……枯れ木」

小鳥たちの言葉に嘘は無く、確かにあちこちに枯れた木が散在していた。好い感じに枯れている木も多く、これなら、【ウインドカッター】でも伐り出せそうである……硬さ的には。だが、

「ただ……なんで大木ばかり枯れてんだ？」

枯れ木はその悉《ことごと》くが大木であり、伐り出すのに酷く時間がかかりそうなのだった。

5．枯れ木も山の賑わい

寿命が来て枯死したというのが一番妥当な――あるいは安直な――解釈であろうが、何となく割り切れないものを感じたユーリは、枯死木をいくつか【鑑定】してみた。その結果……

「なんで……どれもこれも死因が塩害なんだよ……？」

確かにこの地には岩塩層があり、塩害の発生する可能性は無いとは言えない。しかし……枯死木に較べればやや小さいとは言え、地球の基準では充分大きく育っている他の木々に何の異常も見られないのはどういう事か。首を傾《かし》げるユーリであったが、事情は些か斜め上の方向にあった。

まず大前提として、この地の地中深い部分には岩塩層がある。ただしその上に特殊な不透水層があるため、毛細管現象で塩分が上層に吸い上げられるような事はなく、従って塩害も顕在化しない。

ところが、大きく育った樹木の根がこの不透水層を突破してその下の岩塩層に達すると、塩害を受けて枯れる事になる。岩塩層に接した部分は枯れるとしても、それより上に張り巡らされた根系は無事なのではないかという疑念が湧くが、そこは現実に枯れるとしか言いようがない。岩塩に何か怪しい物質元素が含まれているのでは――と【鑑定】してみても、普通に岩塩としか表示されず、健康被害も生じた事がない。何かこの世界の摂理なのだろうと、納得するしかないのである。

一方、浅根性の樹種は岩塩層まで根を伸ばす事はなく、従って塩害を受ける事もない。しかし、これらの樹種は根が浅いため、木が大きくなると自重《じじゅう》を支えきれずに転倒するという事になる。結果として、ある程度以上大きく育った木々は揃って枯死する事になり、生じたギャップで実生《みしょう》が更新するというサイクルを、有史以前から繰り返してきたのである。

ちなみに、地史的な原因のせいなのか、岩塩層があるのは山麓部のみであり、山の上の方には岩塩層はない。そのため、山奥には普通に巨木が存在している。

そういった裏事情まではさすがにユーリにも判らなかったが、ここは異世界なんだからこういう事もあるのだろうと、心の中で折り合いを付けたようであった。

「う……ん、これだけ枯れてれば燃えそうではあるかな。枯れたせいで少し脆《もろ》くなってるみたいだし、これなら【ウィンドカッター】でも伐り倒せるか」

枯れてはいても太いとあって、単なる【ウィンドカッター】では切断が骨だったが、ふとした思い付きで木属性の魔力を混ぜて使ってみたところ、今度は意外なほどあっさりと切断できた。伐採用の魔法が手に入ったとユーリはご機嫌であるが……実は、複数属性の魔力を混ぜて発動するなど、そう簡単にできるものではない。神の加護か何かが付いている可能性もあるが、何より本人が先入観無しに、馬鹿げた魔力にものを言わせて力任せにごり押ししたのが大きかったりする。

……という裏事情など知らないユーリは、懸案となっていた燃料と木材の入手が片付きそうだとあって、上機嫌で伐り倒した枯死木を回収していく。その際、他の木を巻き込まないよう注意して伐る事も忘れない。燃えにくいと表示されるものもあったりするが、それはそれで長時間にわたって燃え続けて、夜間の暖房に使えるかもしれない。他の木と一緒に竈《かまど》に突っ込んでおけば、上手くすれば夜通し火が消えないかもしれないではないか。駄目なら駄目で堆肥にでもすればいい。

枯死した木は種類も腐朽程度も様々であり、それはユーリに新たな資源を供給する事になった。

「うわ……これって……」

ユーリの眼は、朽ちかけた倒木にびっしりと生えた茸に釘付けとなっている。

「マイタケ……だよね、どう見ても……」

念のために鑑定してみたが、地球のマイタケに相当する茸であるのは間違いない。旨味成分をたっぷりと含んでいる事も確認できた。

ふと辺りを見回すと、様々な朽ち木に様々な茸が生えている。カラフルな色合いもあって、さながら枯れ木に花が咲いた感すらある。いや、この場合は〝枯れ木も山の賑わい〟と言うべきか。

「うん……無闇に回収するのは止《や》め。どのみち木材腐朽菌《もくざいふきゅうきん》が付いてたら、良い木材にはならないんだし……そういうのは原木として活用した方が好いよね」

適材適所という言葉を思い浮かべつつ、ユーリは改めて森の中を見回す。木材資源としての枯れ木ばかりを見ていたが、他にも利用できるものがあるかもしれない。

そう考え直して見ていると、一本の樹の下に剥がれ落ちている樹皮が目に付いた。

「……これって、ひょっとしてコルクなんじゃ……」

生前の日本でも能《よ》く目にしていたコルクは、実はコルクガシという樹木の樹皮である。正確に言えばコルクガシ以外の樹木からもコルク質は得られるのだが、コルクガシの樹皮は特に厚いため用途が広い。また、コルクガシの樹皮には縦の割れ目が生じ、ここから樹皮が剥がれ落ちるが、その下のコルク形成層には損傷は無く、凡《およ》そ十年ごとにコルク層の再生と剥落が繰り返される。

ユーリが見ている樹木は、地中海地方に産するコルクガシとは別種のようだが、同じようにぶ厚いコルク層を持ち、やはり同じようにそれが剥落していた。

「何かに使えるかもしれないし……回収しておくか」

木材に使えそうな枯れ木を適宜回収――【収納】って本当に便利だ――しつつ森の中を歩いていると、すっかり朽ちた木が目に付いた。……いや、正確に言えば木質部がほとんど朽ち落ちた中で、なお形を留めている心材が目に付いたのであるが。

何の気無しに手槍――護身用に持ち歩いている先端部を尖らせた「魔」製石器の短めの槍――で叩いてみると、カンというような甲高《かんだか》い音がして弾かれた。

「おぉ……堅い……と言うか、硬いな。何かに使えるかな、これ」

腐朽した部分を払い落として改めて見てみると、心材の部分は非常に緻密で、単に硬いだけでなく丈夫で美しい材である。

「紫檀《したん》とか黒檀《こくたん》ってやつかな？　これだけ硬いと杖代わりにも使えそうだし……あ、細工物の材料にもなるのかな」

碌《ろく》な刃物も無い現状では彫刻などできる筈もないが、いずれ何かに使えるかもしれないと、転生してから些か貧乏性の気《け》が現れてきたユーリは、これも持ち帰る事にする。見れば結構な数が朽ち残っているようだ。

「ま、何かに使えるかもしれないし、無駄にはならないよね……多分」

幕間　マーシャさんの呑兵衛奮闘記～薫酒《くんしゅ》論～

十月も終わりかけようという頃、マーシャは森の上空を飛んでいた。

酒造りの願いをユーリに素気無《すげな》く却下され、どうしてもと言うなら自分で原料を探して来いと言い渡されたマーシャは、来る日も来る日も原料を求めて、慣れぬ探索行に励んでいるのだ。林内に入って探す方が効率が良いような気もするが、蜘蛛の巣に引っ掛かった件が後を引いて、どうにも気が進まない。まぁ、代わりに広範囲を見通す事ができるので、一概に効率が悪いとも言えないであろう。実際に林縁部のような開けた場所では、原料に使えそうな植物をいくつか見つけていた。

だが――そういう成果を挙げている割には、マーシャの顔色は冴《さ》えなかった。

（はぁ……使える事は使えるんだけど……いえ、条件次第では使えない事も無いんだけど……ユーリと相談する必要があるわね）

＊＊＊

ふよふよと外から戻って来たマーシャがユーリの傍……と言うか、少し離れた位置に力無く突っ伏した。関心と無関心が相半《あいなか》ばするような奇妙な同居生活も一月《ひとつき》続けば、互いの性格はそれなりに呑み込んでいる。普段のマーシャならこんな真似はしない。……ということは、ユーリに構ってほしいのだろう。前世で祖母が飼っていた猫が、時折こんな仕草を見せていた。

『どうしたのさ？　何か変に疲れてるみたいだけど』

『聞いてよー、ユーリー』

徐《おもむろ》に顔を上げて訴えるマーシャの愚痴を聞いたところ、

『要するに、お酒の材料が見つからなくて凹んでるわけ？』

『そうなんだけど……全くの空振りじゃないっていうのが……』

どうにも煮え切らないマーシャを問い質《ただ》したところ、成果が皆無というわけでもないらしい。

『ラッツベルとかその他のベリーとかは、いくつか見つける事はできたのよ。あとはグルの実――地球で言うクルミに相当――とか』

『え？　大戦果じゃない？』

ユーリにとってみればこの上無い吉報なのだが、酒の精霊《マーシャ》の視点では違うらしい。

『……ラッツベルとかのベリーって、そのままじゃ酒にならないのよ。糖分を加えてやらないと』

『あぁ……なるほど』

糖度の低いベリー類を醗酵させるには、不足する糖分を補ってやる必要があるのだが、普通の村に酒造に廻せる糖質などあるわけがない。故にベリー類で酒を造る事はできない。

マーシャの判断は、他の村に関する限りでは妥当なものであった。が、ユーリは既に精糖作物であるサトウカエデ《メーパル》の栽培化と増産に着手しており、糖質入手の目処は立っている。なのでベリー類から酒を造る事もできなくもないのだが……折角の食糧を――今の自分には――飲めもしない酒に費やす気など、ユーリにはさらさらないので黙っていた。

『グル《クルミ》だって……肝心の酒を入手する当てがないのに、乾き物だけあっても……』

酒の精霊だけあって、マーシャの価値観は酒が基準になっている。酒に関わらないものの価値など、無いとまでは言わないが二束三文である。なのに発見できたものは、酒に直結しないものばかり。要求する条件から微妙に外れているのが、隔靴掻痒《かっかそうよう》の感があってもどかしいらしい。

（……これって、単純にお酒が飲みたいだけじゃないよね）

単に酒を飲みたい造りたいというのではなく、自分の為《な》すべき事が見つからず存在価値を示せないせいで、手持ち無沙汰を通り越して、立ち位置を固められない不安に囚《とら》われているらしい。アイデンティティ・クライシスと言えば大袈裟に聞こえるが、窓際族の悲哀と言えば解り易いだろうか。なんであれ、このまま放って置くのは宜《よろ》しくないだろう。

『（そうは言っても、僕にだって良い知恵があるわけじゃないんだけど）……他に使えそうなものはなかったの？』

『あと見つかったのは……ジナの実くらいかしらね』

『ジナの実？』

【鑑定】先生に訊ねたところ、ジナというのは地球のネズに相当する樹木のようだ。実には精油成分を多く含んでおり、香り付けや防虫剤などに用いられる。糖度も意外と高いらしく、加糖せずにそのまま醗酵させる事が可能なのだが、

『……匂《にお》いがきつくてね。そのままだと飲めたもんじゃないのよ。けど、水で割って薄くしたら、薬効の方まで落ちちゃうし』

『あぁ……なるほど』

そのままでは匂いがきついせいで、酔うほどの量を飲む事ができない。然《さ》れど水で薄めると、肝

心の薬理効果も落ちてしまう。なるほど、酒の精霊としては微妙な顔にならざるを得ない。

ただ——ユーリの見解はマーシャとは違っていた。

（……セイヨウネズの実って、いわゆるジュニパーベリーだよね。スパイスとして使われる他に、利尿作用とか安眠の効果もあるらしいけど……確か消毒薬として敗血症を防いだり、虫除けにも効果があった筈……）

衛生害虫が媒介する悪疫への対処として、ユーリはポーションの量産に血道を上げてきたわけだが、それ以外に防虫剤の確保にも血眼になっていた。幸いにして除虫菊に相当するパイリットは確保できたものの、防虫剤の原料が多いに越した事はない。消毒薬にも使えるというなら尚更《なおさら》である。

『へぇ……そうなんだ』

熱意の籠もった……と言うより、鬼気迫ると言った方が適切なユーリの説明によって、マーシャも自分の「発見」が価値あるものだとは理解したらしい。そう言われて悪い気はしないし、無駄飯食らいの汚名を返上できたようで喜ばしい事なのだが……仮にも「酒の精霊」たる者、どうせなら酒造りで功を上げたかったと思うのは贅沢であろうか。

『いや、それなんだけどね……マーシャがさっき言ってたジナのお酒って、造り方は？』

『え？　水の中に実を漬けておくだけで、一月《ひとつき》もすればできあがるわよ？　あぁでも、醸《かも》してる間に結構泡立つから、蓋はあまりきつく閉めない方がいいわね』

砂糖を加える必要も無く、簡単な手順で造れるのだが……逆に簡単にでき過ぎるため、工夫する余地が無くて物足りない——というのが酒の精霊《マーシャ》の感想らしい。そして——それを聞いて〝あぁやっぱり〟という感を強くするユーリ。

『醗酵させた後で蒸溜はしないの？』

『蒸溜？　蒸気を選り分《わ》けて冷ます方法よね？　酒精の強い酒を造る時に使うのは知ってるけど……匂いがきつくなるだけじゃないの？』

ただでさえ匂いのきついジナの酒である。蒸溜して香りが強まったら、飲むに堪《た》えないものができるだけではないのか？

『いや、それなんだけど……一回目の蒸溜で精油成分を取り除いて、残った分を――』

『飲むの!?』

『……僕が聞いた話だと、もう一度蒸溜したものを飲むみたいだけど……蒸溜しなくても飲めるかもしれないね』

中欧の一部では、蒸溜しないものをそのまま――場合によっては砂糖を添えて――飲む事もあるようだ。匂いがきつい場合は稀釈するか、最初から水を多めにして造るのだろう。

ただ、ユーリの場合はどちらかと言うと精油成分の方が本命なので、それを抽出した残りを飲用に廻したいところである。

（前世での受け売りなんだけど……こっちの世界のネズ《ジナ》がどうなのかは判らないよね。蒸溜しないとアルコールの度数が低過ぎて、お酒を名告《なの》れないかもしれないし）

前世の入院仲間に呑兵衛がいて、酒に関する雑知識《トリビア》をあれこれと教えられたものだ。今にして思えば、あれは一種の愚痴だったのだろうが、今生《こんじょう》で役に立っているのも事実である。あと、【鑑定】先生と【田舎暮らし指南】師匠の教えとか。

＊＊＊

結局、採集できたジナの実《ジュニパーベリー》がそこまで多くなかったので、ユーリが前世の知識を基に、土魔法で蘭引《らんびき》のようなものを造り、小規模の蒸溜を行なうに留まった。

精油と酒の入手にそれぞれ満足したユーリとマーシアが、ジナの量産を図るべく、苗木の確保に走ったのは言うまでもない。

第八章　冬支度

1．綿毛の案～襲撃～

「う～ん……どう見ても、布団に詰めるには足りないよなぁ……」

オオロという地球のアカソに似た植物から採った「綿」を見つつ、ユーリは腕を組んで呟いた。オロは皮から縄も作れるので、下草を刈る程度の世話はしていたが、村での栽培まではやっていない。それが祟《たた》ったのか、秋に得られた「綿」の量は、布団に詰めるには到底足りなかった。

「家自体は木造だけど、高床にした部分は石造りみたいなもんだし……冬には冷えるよね……」

床下暖房の実効性が不明な事もあり、寝具が毛皮だけというのは非常に心許ない。一応マオで作った袋に藁を詰めて、ベッドのようにしてはいるが、掛けるものが毛皮だけというのは……

「いや、暖房もあるし多分温かいとは思うんだけど……何か、違《ちが》うんだよね」

前世が日本人であるユーリとしては、やはり柔らかな布団に包まって寝たいというのが本音である。しかし遺憾ながら、布団に詰めるべき「綿」の入手には失敗した。残る手立ては……

「ダウンかなぁ……」

懇意にしている小鳥たちの抜け毛など、いくら集めたところで高《たか》が知れている。ただ、以前に彼らから耳寄りな話を聞いてはいた。

『ぬけげ？　たくさん？』

『そう。水鳥の集団営巣地とか、知らない？』

『みずべには　あまり　いかない』

『けど　たくさんのぬけげなら　アイツからとれば？』

『あ、アイツ　きらい』

『アイツなら　ころしちゃっても　いいよね』

『はねげ　たくさん　とれるよ』


どうも、でかくて凶暴な鳥の魔物がいるようだ。面白半分に小鳥たちを追い廻すので嫌われているらしく、あれを斃《たお》せば羽毛なんか採り放題だと唆《そそのか》されたのである。ちなみに後で訊いたところ、マーシャも追い廻された事があったらしく、熱心に討伐を勧めてきたが。

その時点では、空を自在に飛び廻る魔物を相手取るには力不足を自覚していたため、小鳥たちの唆しには乗らなかった。ただ、空を飛ぶ怪鳥が存在している以上、それが自分を襲う可能性は無視できず、【対魔獣戦術】の教本などを参考にして、自分なりの闘い方を検討していた。

そして、モノコーンベアとの戦闘経験から魔法の訓練法を見直して一ヵ月。覚悟を決めて怪鳥の羽毛を入手するかと考えていた矢先に、事態の方がユーリの先手を打ってきた。

＊＊＊

『ゆーり！　アイツらがくるよ！』
『ルッカがくる！　やっつけて！』

【察知】が高速で接近する未確認飛行物体《UFO》の存在を報せるのとほぼ同時に、懇意にしている小鳥たちがその正体を教えてくれた。

《ルッカ：捕食性の鳥型魔獣。空力的には飛ぶ事の難しいサイズだが、風魔法を使用する事で自在に空を飛ぶ。攻撃にも風魔法を使う事があるが、基本的には爪と嘴《くちばし》で獲物を捕らえる》

ざっと見たところ体長は二メートルほど、翼の開張《かいちょう》は十メートル以上だろう。そんな化け物がまっしぐらに、それもご丁寧に三羽こっちへ向かって来る。ユーリを狙っているのは明らかだ。

「一応覚悟はしていたけど……三羽っていうのはさすがに想定外か……けど、やるしかない」

そう。戦《や》るしかない――生き延びたいのなら。

2．綿毛の案～迎撃～

小鳥たちからその存在を教えられて以来、空から襲って来る魔獣への対処法についても、一応の検討は済ませてある。押《お》し並《な》べて――空力的には飛行が困難なほどの――巨体であるそれらの魔獣は、飛行のためにほぼ例外無く風魔法を使用しており、攻撃や防御にも風魔法を使ってくる。従ってこの世界での対空戦とは、風魔法への対策から始まると言ってもよかった。

（風魔法で飛んでいる以上、その魔法を乱してやれば飛行は困難になる。不意を衝《つ》いて風魔法で攪乱してやるつもりだったけど……一度に三羽というのはきついな。けど、一羽ずつやってたら警戒されるかもしれないし……同時に三羽やるしかないのか……）

三羽に連携されると面倒なので、仕掛けるのなら早いうちだ。距離があるのが不安材料だが、もはやそんな事を言ってられる状況ではない。連日の訓練で上がったＭＰだけを頼りに、今は力任せにやるしかない。尤も、ここまで追い込まれた状況にあっても自分が平静でいられるのは、断固として生き残るという決意のせいだろう。

……そんな事を考えるともなく考えていたら、風魔法以外にもキャスティングボートを握る方法がある事に思い至る。今までにも何度か使った事のある手だが……

（……この距離で、しかも標的が複数というのは初めてだな……）

しかし、躊躇《ちゅうちょ》していられる暇《いとま》は無い――とばかりに、ユーリは先制の初手を放った。

「【集束光《ビーム》】！」

光魔法によって生み出され指向性を与えられた強い光の束が、飛来する怪鳥《ルッカ》たちの眼を灼《や》いた。

他のボール系、ランス系の攻撃魔法と違い、圧倒的に速いスピード――何しろ光速である――なので、俊敏快速を誇るルッカといえども回避する事はできない。瞬時にして視界を奪われ混乱するルッカたちに向けて、追い討ちの闇魔法が放たれる。

「【混乱《パターベイション》】！」

相手の心を掻き乱し、まともな判断力を奪う闇魔法。こっちはどちらかと言えば大勢を相手に使うのが本来の使い方なので、ルッカ三羽が相手でも問題無い。駄目押しで風魔法を放ち飛行を妨害してやると、面白いように引っ掛かる。既に連携とかの攻撃とかの段階ではなく、ただただ自分が墜落しないように必死の有様である。上下の定位すらまともにできていないようだ。

「さて……滅茶苦茶に動いている分だけ的には当てにくくなってるし……危害半径の大きな攻撃魔法しか使えないな。けど、火魔法で丸焼きっていうのは、羽毛まで燃えて元も子も無いしなぁ……」

寸刻思案していたが、やはり当初の予定どおりの方法しかあるまいと判断して、

「【水球《ウォーターボール》】」

水魔法で三つの水球を生み出す。ただし、この水球は飛ばして衝撃を与えるためのものではない。それを顕《あら》わに示すように、この水球は……破格に大きかった。いずれも直径凡そ二メートル。ルッカたちの頭部を覆って溺死させるには充分なサイズである。

「肺とか気嚢《きのう》の中に直接水球を生み出せれば、もっと効率的なんだろうけど……今はそこまで狙いが定まらないからなぁ……大体、あの化け鳥の身体の構造も判ってないし、何よりあぁもジタバタ動き回られたんじゃ……」

獲物――既に敵ではない――が三羽もいるせいで、水球を頭に被《かぶ》せておくだけでも一苦労である。しかしその苦労が功を奏して、間もなくユーリは大量のダウンを得る事に成功するのであった。

マーシャが自分用の羽毛布団を要求したのは言うまでも無い。

3. ニット物語

思いがけないアクシデントの結果としてではあったが、懸念していた布団の材料、中に詰めるた

めのダウンは大量に手に入った。何分図体の大きい怪鳥《ルッカ》の事とて、羽毛も大雑把《おおざっぱ》なのではないかと危惧していたが……幸いにしてそのような事はなく、充分な保温効果を持つダウン——と、それ以外の羽毛——が大量に手に入った。

「これでベッド周りは一応大丈夫……てか、普通の羽毛布団より暖かくない？　これ」

試しに潜り込んでみたら、素人の手作りとは思えないほどに寝心地が良かったのである。マーシャは無論（笑）ユーリでさえも、布団から出たくないと思うほどに。

「まぁ……ゴロゴロと布団に潜り込んでいても、誰から文句が出るわけじゃないんだけど……」

——ただ、その分生活が厳しくなるだけである。

「う～ん……布団《てんごく》から出て外で活動するために必要なのは……やっぱり暖かい衣服かなぁ……」

幸いに羽毛は大量に余っている。ダウンジャケットの一つや二つ、余裕で作れそうなのだが……

「けど……肝心の布の方が心細いんだよなぁ……」

マオから採った糸は、採集した靱皮《じんぴ》繊維が多くなかった事もあって、そろそろ底を尽きかけている。もう少し採っておけば良かったと反省するユーリであったが、元々生えているマオの量自体がそれほど多くないのである。村に持ち帰って栽培を試みてはいるが、充分な量を確保できるのは当分先の事になるだろう。

「無い袖は振れない。なら、有るものを使うしか無いよね」

ユーリの視線の向く先には、結構な量が溜まっている魔獣の毛皮があった。

＊＊＊

防寒着を必要とする状況があり、充分な量の毛皮が与えられたなら、普通は毛皮をそのまま纏《まと》う事を考える。ユーリも最初はそのつもりであったが、実際に毛皮を手にとって検分したところ、

「……結構剛毛だよね……」

充分な大きさだという事で、最初にマッダーボアの毛皮を手に取ってみたユーリの感想である。

些《いささ》か短めの体毛は、モコモコとかフカフカとか形容するには程遠く、剛毛と言った方が良いような硬さである。保温を考えて毛を内側にして纏うと、下手をすると剛毛がシャツを突き抜け地肌に突き刺さりそうな按排《あんばい》なのだ。しかも具合の悪い事に、ユーリが着ている自作のマオ布は、麻のような感じで結構目が粗い。ボアの剛毛なら簡単に突き抜けてしまいそうだ。

「……うん。少なくともマッダーボアの毛皮を裏返しに着るのは無しだな。けど、そうすると代わりは……」

『熊のなら大丈夫そうじゃない？』

マーシャが言うように、秋に狩った熊系の魔獣なら、体毛が長い分だけフワフワ度も上がっており、シャツを貫いて突き刺さるという事態は避けられそうであったが……

「フワモコの分だけ、着膨《きぶく》れしそうなんだよなぁ……」

ユーリが懸念しているのは見てくれではない。着膨れの結果動きが鈍《にぶ》る事である。

冬とはいえ魔獣の全てが冬眠しているわけではない。着膨れて動きが鈍くなっているところを襲われたら一大事である。加えて、未熟なユーリが加工した革の衣服が、動き易いかどうかという問題もある。充分に鞣《なめ》せば大丈夫かもしれないが、身の安全を賭けてまで試したくはない。

「そうすると……自動的に第二案になるわけか……」

4.獣毛一直線

ユーリの言う第二案とは、獣毛を紡《つむ》いで毛糸を作り、その毛糸から衣服を仕立てるというものであった。だが、ここで新たな問題が生じてくる。

「……記憶にある毛の冬服っていうとジャージとかセーターとかなんだけど……何か織物って感じじゃないよね……」

不安を感じたユーリが【田舎暮らし指南】師匠や【鑑定】先生に確かめたところ、セーターもジャージも「織物《クロス》」ではなく「編物《ニット》」に分類されるらしい。縦糸と横糸で織る織物と違い、一本の糸だけでループを作りながら編んでいくため、伸縮性や通気性・保温性といった編物の特長が生まれてくるのだという。ちなみにいわゆるカットソーは、編み上げた生地を裁断《カット》して縫製《ソー》した事に由来する。

「防寒が主目的なわけだから、それに応じた作り方が必要なのか……はぁ……面倒臭いなぁ……」

些かなりとも手慣れてきた紡織作業ではなく、新たに編み物を始めなくてはならない事に、うんざりした思いを禁じ得ない。こんな事なら生前に指編みくらい習っておくんだった。

幸いにして、【田舎暮らし指南】には鉤針編みも棒針編みも編み方が載っているので、編む事自体は不可能ではない。どうやらここフォア世界でも、編み物自体は存在しているらしい。一般家庭に普及するまでには至っていないようだが。

「……まぁ、何にしても糸を紡ぐ事から始めなきゃね」

手元にある魔獣の毛皮は、ざっと熊系・猪系・狼系に大別できる。

このうち猪系の獣毛は、とにかく剛毛で短く、いかにも紡ぎ難《にく》そうである。【鑑定】の結果でも、獣毛表面にスケールという鱗状の構造がほとんど無く、獣毛同士が絡《から》み難いため紡ぎ難いとあった。その対極にあるのが熊系の獣毛で、スケールがある上に冬毛のものは毛足が長くて柔らかく、いかにも紡ぎ易《やす》そうであった。狼系は両者の中間である。

斯《か》くして、少しでも紡ぎ易いものという理由から、秋に狩った熊系魔獣が素材に選ばれた。

獣毛を紡ぐのは初めてであるし、獣毛自体がマオ――地球産のカラムシ、別名を苧麻《ラミー》というものに似た繊維植物――の靭皮繊維に較べると遙かに短いので、手間のかかる事はマオの比ではない。だが、【田舎暮らし指南】の効果で技倆が上がっているユーリは、初めてとは思えないスピードで獣毛を糸に紡いでいく。……とは言え、時間がかかるのはどうしようもなかったが。

「このままじゃ細過ぎて編みづらいし、撚り合わせて太い毛糸にしないとなんだけど……」

――さて、その太さが判らない。

「まず……初心者の上に機械編みはできないんだから、ジャージみたいに細かな糸では編めないよね。となると、手芸用の毛糸なんだけど……」

毛糸がどんなものかは知っているが、遺憾ながらそれ以上の事は知らないユーリは、ここでも【指南】と【鑑定】の両先生に頼る事にした。【田舎暮らし指南】の方はともかく【鑑定】の使い方としては明らかにおかしいのだが、そんな贅沢を言っている余裕は無いのである。

ともあれ毛糸に紡ぐまでは何とか済ませた。この後は編んでいくだけである。急がないと冬の足音はもうそこまで聞こえてきている。一刻も早く防寒着を仕上げないと、冬場の作業にも影響する。下手をしたら命取りになりかねないとあって、ユーリは文字どおり懸命に作業を進めていった。

その甲斐あって、モノコーンベアの獣毛で編んだセーターが完成したのは、糸を紡ぎ始めてから十一日後、初雪――幸いにしてあまり積もらなかったし、その後雪が続く事もなかった――から九日後の事だった。

「良かった……やっとできあがったよ……少し不格好な気もするけど……そんな事は二の次、暖かければ充分だよ、うん」

セーターが編み上がるまでの間は、応急的に仕立てた毛皮の袖無し羽織《ちゃんちゃんこ》と重ね着で凌《しの》いでいた事もあって、ユーリの感興は一入《ひとしお》なのであった。

5. 革着の罪

嬉々としてセーターを一着《いっちゃく》に及び、冬空の下に出て行ったユーリであったが、暖かい上半身に対して下半身の冷たさに早々に音を上げ、家の中に引き籠もる事になった。何しろユーリが着ている衣服の素材はマオ。地球で言えばカラムシあるいはラミーのような、麻に似た素材である。シャリ感があって夏には快適なのだが、冬空の下で長く着ていたい素材ではない。

「と言っても、綿は入手の当てが無いし……町へ出て行けば手に入るかもしれないけど、それには先立つものが無いし……」

少なくとも交易に使える程度の食糧が備蓄できるまではと、町に出る事は断念するユーリ。ならば、ありものでどうにかするよりない。しかし、いくら何でもニットのズボンというのは……

『止《や》めといた方が良くない？』

――温々《ぬくぬく》と床暖房を堪能《たんのう》しつつ、他人事のようにマーシャが述べた意見が妥当なものであろう。間に合わせと思って作ったウルヴァックの毛皮製ちゃんちゃんこが思《おも》いの外《ほか》に快適だった事から、毛皮のズボンを作る事も考えたのだが……

「毛を毟《むし》った後のモノコーンベアの皮が余ってるんだよね……」

あれを鞣して革にして、レザーパンツができないものか。しかし、前にも懸念したように、レザーという素材は布に較べると固い。馴染まないと動きが制限される恐れがある。

「う～ん……とりあえず鞣し革を作って試作はしてみるとして……本命は毛織りのズボンかな」

モノコーンベアならもう一頭分の素材が【収納】されているし、熊系の魔獣素材は他にもある。何しろ――理由は判らないが――魔獣どもは、ユーリの姿を見るなり突撃して来るのだ。反撃して狩った個体が、この半年だけでも相当な数貯まっている。加えて、魔獣というのは押し並べて図体が大きい。一頭から採れる素材の量も相応に多いのであった。

「うん。毛織物の方は時間がかかりそうだし、先に皮の鞣しに取りかかるか」

皮の鞣しとて一朝一夕にできるものではない。石灰水に漬けて前処理をした後、泥のような溶液に漬け込んで醗酵処理を行ない、更にタンニンの溶液に漬け込むといった作業を順次行なう必要がある……本来なら。

ところが、ユーリのユニークスキル【田舎暮らし指南】には、これらの面倒な過程を魔法で、それも初級の魔法で代行する裏技がいくつも載っていた。ユーリはこれらの裏技を駆使する事で、毛皮の処理や、毛を紡いで糸にする際の前処理などを手早く済ませる事ができていた。そして今回の皮の鞣し工程でも、これらの裏技が大活躍する事になる。

「う～ん……ウルヴァックの毛皮を処理した時には、生活魔法の【浄化《クリーン》】を応用した裏技が使えたけど……本格的な鞣し作業の場合はまた違うのかぁ……」

ちなみに生活魔法の【浄化《クリーン》】を応用した処理では、他に初級の水魔法と光魔法が必要になる。

「皮を鞣す裏技は……へぇ……腐蝕系の闇魔法に浄解系の光魔法、それに洗浄系の水魔法を使うんだ……まさに裏技って感じだね……」

――という具合に、普通の職人なら決してやらないであろう方法で、ユーリはサクサクと鞣しの工程を進めていく。サクサクと進めてはいるが、これはユーリならではの事である。ユーリは転生の段階で、神からこれらの魔法を高いレベルで貰っている。それらを半年にわたって――一般的な使用法とはかなり違うものの――使い続けてきた結果、いずれもそれなりのレベルに達している。馬鹿でかい魔力に裏付けられた威力も然《さ》る事ながら、加工作業などに使用してきた事で精密なコントロールにも慣れている。そんなユーリであればこそ、こういった裏技的作業も可能なのだ。では、ユーリ以外の職人ではどうなのか。

……そもそもの話として、光魔法と闇魔法、それに水魔法を揃えているような職人などまずいないし、そんな人材は魔術師として生計を立てている。結果として、ユーリがやっているような裏技的な鞣し技法は、誰一人として知る者がいないか、もしくは絶伝している状態であった。職人たちの心情を慮《おもんぱか》れば、或る意味で罪な技術の所産であると言える。

「軟らかくはなったけど……こんなんでいいのかな……？」

一連の作業の結果軟らかに加工された素材は、【鑑定】の結果でもきちんと「鞣《なめ》し革《がわ》」と表示されており、問題無く――多分問題無い筈――鞣し工程が済んだ事を示していた。あとはこれを裁断して縫っていくだけである。

「思ったより軟らかいけど……まだ馴染んでないせいか穿き心地《ごこち》はあまり好くないな。防水はともかく防寒の効果は未知数だし……やっぱり早いとこ毛織りの布を作らなくちゃな」

毛織りのズボンができあがったのは、新たな糸紡《いとつむ》ぎに取りかかってから十日後の事であった。

幕間　マーシャさんの冬ごもり

1．至福の温もり

『あぁ……何て素敵……もう以前の生活には戻れないわ……』

堕落を体現したような台詞を宣《のたま》っているのは、お察しどおりのマーシャである。彼女が一体何をしているのかというと……ユーリ渾身《こんしん》の設計になる、竈《かまど》の排煙を利用した床暖房、それを全身で堪能しているところであった。……要は床に寝っ転がってゴロゴロしているだけである。精霊としてもうら若き乙女としても、あまり褒められた格好ではない。

『仕方ないでしょ？　こーんな暖かい床があるなんて、見た事も聞いた事も無かったんだから』

『あ、そうなんだ？』

ユーリが前世知識で拵《こしら》えた排煙利用の床暖房だが、どうやらこの国では知られていない代物であったらしい。

『えぇ、他の精霊と話す機会は割とあったけど、誰もこんな床の事は言ってなかったわ』

酒精霊であるマーシャは基本的に酒のある場所や造る場所を離れないため、他の町や村を見て廻った経験は豊富とは言えない。しかし、マーシャが前いた町やその近郊を訪れる精霊は割とおり、精霊同士の交流はそれなりに盛んであったと言う。人間たちの営みも度々話題に上っていたが、

『冬をどう越すかは、あたしたち精霊にとっても関心事だもの。こーんな至福の床暖房、あったら

話に出てない筈《はず》が無いわ』

精霊たちは暑さ寒さはあまり堪《こた》えないようだが、それでも季節的な熱エネルギーの変化には影響されるらしい。或る者は植物を寄巫《よりまし》として眠りに就き、或る者は暖かい地方へと渡り、また或る者は洞窟《どうくつ》などに籠もって冬をやり過ごすのだという。無論、冬の寒さをものともせずに活動を続ける者もいるのであるが。

ちなみに、マーシャは酒蔵に居着く酒精霊なので、

『当然、蔵の中に引き籠もってるわよ。酒を醸してる時は蔵の中も結構暖かいし』

寒風の吹《ふ》き荒《すさ》ぶ屋外よりはずっと過ごし易いそうだが……

『――でも、この温もりを知ってしまったら……ねぇ』

今更寒々しい蔵などには戻れないと力説する。

そんなマーシャは、廃熱で暖められた床の上で、今夜も至福の眠りに就くのであった。

ユーリ謹製のルッカの羽毛布団に包《くる》まって。

2．湯けむり天国

『あぁぁぁ……何て素敵……もう以前の生活には戻れないわ……』

例によって緩《ゆる》みきった声でだらけきった台詞を垂れ流しているのは、外見的にはうら若き乙女の酒精霊《マーシャ》である。

そんな彼女がいるのはどこかと言うと、実はユーリの家の風呂場、浴槽から汲み出した湯を容れ

ていたのであった。

た土魔法製の洗面器である。その縁に頭と肩を凭《もた》せ掛《か》け、精霊サイズの即席の湯船で入浴を堪能しているのであった。

元来、精霊は魔力の塊のようなもので、埃《ほこり》などで汚れる事は基本的にない。偶に汚れる事はあっても、その汚れは精霊仕様の【浄化《クリーン》】スキルで落とす事ができる。なので基本的に、汚れを落とすための水浴などは必要ないのだが……

『……あの子《ユーリ》が三日と上げずに湯浴《ゆあ》みするわけだわ……これは我慢できないわよねぇ……』

二日に一度、いそいそと風呂に入るユーリの姿を見て好奇心に駆られたらしい。自分も入ってみたいと言い出したのである。

形《なり》の小さな精霊の事とて、湯船にそのまま浸《つ》かるのは無理と危険がある。それを案じたユーリが態々《わざわざ》新しい洗面器……と言うか、マーシャのサイズに合わせた湯船を土魔法で誂《あつら》えたのである。洗面器としてはやや大きい事もあって、重くて取り回しは良くないのだが、それでも取り柄と言えるものはあった。どうも素材的に石やコンクリートに近いらしく熱慣性が大きい――つまりは湯が冷《さ》めにくいのである。

マーシャの体格が小柄……と言うか小さい事もあって、彼女が温まるに充分な時間は冷める事なく適温を保つ事ができるのであった。その結果……

「……そろそろかな」

浴室が静まり返った頃合いを見計らって、徐《おもむろ》に立ち上がったユーリが浴室へ向かい……逆上《のぼ》せたマーシャを回収する。いつもの事である。

仮令《たとえ》小さかろうと精霊であろうと、女子という事に違いは無い。入浴を覗《のぞ》かない程度の分別は弁《わきま》えていたのであるが……マーシャが最初に風呂に入った時、いつまで経っても風呂から出て来ないマーシャを心配したユーリが浴室の外から声をかけるも、一向に返事が返って来ない。卒中でも起こしたのではないかと心配になって押し入ると……

『くけ～……』

……そこには洗面器の縁に頭と肩を凭せ掛け、大口開けて涎《よだれ》を垂らし、寝汚《いぎたな》く寝こけているマーシャの姿があった。前世日本のテレビで見た面白映像――犬猫の寝姿の方がもっと品があった。いや、メキシコサラマンダーやヤドクガエルだってもう少しマシかもしれない。

（……立てば白百合《しらゆり》座れば菫《すみれ》、眠る姿はラフレシア……ってとこかな？）

あれ以来、浴槽で寝こけたマーシャを回収するのは、ユーリの任務となっている。羞恥心《しゅうちしん》なんて高尚なものは、あの日あの時を境に雲散霧消《うんさんむしょう》した。

「パッと見だけはお人形さんみたいなのに、どこかおっさんめいた残念臭が漂うんだよなぁ……」

精霊というのはこういう残念生物であったのかと、夢破れて遠い目をするユーリであった。

第九章　ざら紙起工

1. 挫折と克服

ユーリ自作の暦――転生前日の日時を基準にしたもの――では十一月も終わりに近づいたある日、寒い寒いとぼやきながら外出から戻ったユーリが【収納】から取り出したのは、ある意味で彼が最も心待ちにしていたもの――紙の原料であった。転生してからこのかた、食糧その他の必需品の確保に明け暮れていたが、冬も間近となり食糧採集も一段落付いたこの時期に、ようやく製紙の原料植物であるケンファとネリを収穫する事ができたのである。

実を言えば、収穫そのものはもっと早くにできたのだが、防寒用の衣料の確保が優先されたために、この時期までずれ込んだわけだ。尤も、肝心の冬物ズボンは製作が間に合わず、代わりにレザーパンツを着用しての収穫作業となったのだが。

「けど……ようやくこれで紙が手に入るんだな……上手くいけばだけど……」

そう呟きながら、ユーリはちらりと部屋の隅に積み上げられた石板の山に目を向けた。

前にも言ったが――生前のユーリこと去来笑有理《いさらいゆうり》は記録魔であった。日常生活で見聞きした事や思い浮かんだ事は全て、常時持ち歩いているメモに書き残し、その日の終わりに日記として清書するのを日課にしていた。また、特に別記しておいた方が良いと思われるような情報は、また別のノートに書き残していた。これは子どもの頃からの習慣であるが、どうも最初は物忘れを直すために、親に言われて始めたような気がする。物忘れの方はその後少し改善したが、メモを取る習慣はそのまま残って今に至っているわけだ。尤も晩年――享年三十七――には、紙のノートではなくパソコンに記録するまでに進化していたが。

嘗《かつ》て担任教師から東條英機《とうじょうひでき》に喩《たと》えられたほどの記録癖は転生後もそのままで、ユーリとしては記録したい事は山ほどあったのだが、肝心の紙が無いという壁にぶち当たっていたのである。尤も、それで記録を断念するようなユーリではなく、土魔法で石板を生成してそれに記録するという代替手法を編み出してはいたが。

その石板も既に山と積まれており、居住空間を圧迫どころか、積み上げた石板の重みで床が抜けそうな事態である。記録媒体としての紙の開発は、ユーリの視点では喫緊《きっきん》の課題であったのだ。

そんな危機的状況も、上手くすれば今日を以て終わりを告げるとあって、ユーリのテンションは爆上がりである。……ドン引きしたマーシャが近寄って来ないくらいには。

「さて、このケナフ――こっちだとケンファか――だけど、どうやって紙にするんだっけ。……前は製紙原料だって事だけで舞い上がって、詳しく調べてなかったからなぁ……」

改めて【田舎暮らし指南】と【鑑定】で調べたところ、内皮の靭皮繊維が製紙原料として利用できるらしい。ケンファの靭皮繊維は、和紙の原料である楮《こうぞ》には及ばないものの、五ミリ以上と長いため、澱粉のような接着剤を添加せずとも和紙と同様に漉《す》くことができるのだそうだ。

また、製紙原料以外にも、靭皮繊維は布の原料としても使えるらしい。尤も、そっちはマオその他の繊維で間に合っている現状、ユーリは貴重な製紙原料を衣類に廻す気などさらさら無かったが。

その他、心材は蒸気で過熱して圧縮成型すれば、接着剤不要でパーティクルボード化できるらしい。これはこれで使えそうなので、心材は別途保管しておいて、機を見てボード化しておこうと考えるユーリであった。

勇んで紙漉《かみすき》の方法を読んでいたユーリであったが、記述の途中で硬直することになった。

「……底に金網などを張った紙漉き用の型枠……って……金網⁉」

――そんなものは、無い。

「だ、代用品は……簀《す》？　……って、竹製じゃん⁉　ここには竹なんか……」

――生えていない。少なくとも、今まで見かけた事は無い。

「あ……あぁ、そうだ、金網じゃなくてもその代わりになる布は……あ……」

――全て衣服に使用した。原料となるマオの繊維も残っていない。

「つ、土魔法で篩《ふるい》を……いや……駄目だ。……そこまで細かな細工ができるかどうか判らないし、仮にできても重過ぎて、紙漉の作業に差し障るかも……」

――こういうのを俗に「八方塞《はっぽうふさ》がり」という。

ここまで悪条件が揃ったら、例えば適当な植物の細枝を集めてきて簀のようなものを作り上げるまで待つとかするのが普通である。

しかし、紙への妄執に燃えるユーリはそんな悠長な手段は採らず、全て力業で乗り切る道を選んだのであった。

……マーシャは更に距離を取っているようだが。

2. 無属性魔法

「……型枠以外は……繊維を数日間水に漬けて軟化の後、苛性ソーダで煮る？　……繊維を解《ほぐ》し易くするだけなら、闇魔法で何とかなるよね。……漂白？　綺麗にするんなら、生活魔法の【浄化】か光魔法の【浄解】でいける筈だ、うん。……叩解《こうかい》？　……要は力で叩き潰せばいいんだろ？……うん、いけるいける……」

――断っておくが、原料を完全に腐蝕させるのではなく、繊維の強靱さを保ったままに解きほぐす……そういう最適な状態で【腐蝕】を中断するというのは、闇魔法の精密なコントロールを必要とする。また、光魔法の【浄解】はそもそも呪いなどを祓《はら》うためのもので、漂白を目的としたものではない。生活魔法の【浄化《クリーン》】もまた、付着した汚れを取り除く事はできても、植物原料の色を取り除くような作業は想定していない。

しかし、半ばキレた状態のユーリは、そんな逃げ口上など聞く耳持たない。〝断じて行なえば鬼神もこれを避ける〟とばかりに、全ての工程を力業で押し切る事に成功した。……かなり「危ない」状態である。精霊《マーシャ》どころか鬼神もユーリを避けるくらいには。

そして……この一件のハイライトの幕が開く。

「……要は溶液に含まれたパルプを、薄く均一に伸ばしてやればいいんだよな。溶液ごと水魔法で……これだけじゃ駄目か……なら、木魔法と……ついでに土魔法の魔力も混ぜて……う～ん……駄目かな……なら……」

うんうんと懸命に……と言うか、ものに憑《つ》かれたような努力を続けていくと、虚仮《こけ》の一念が天に通じたのか、パルプを薄く均一に広げる事に成功する。

「……やった……やった！　神様、ありがとうございます!!」

実はこの時、ユーリは魔力を属性変化させないまま放出して使用するという、この世界においては非常識なことに成功していた。

無属性の魔力を放出して行使する……それは【無属性魔法】と呼ばれ、魔導師たちの間で理論的には存在が予想されてはいたものの、誰一人としてそれを実現できた者がいない――少なくとも王国の記録には残っていない――という、魔術界のダークマターとでもいうべき代物であった。

何しろ無属性魔法の習得に必要な条件というのが、①魔力の精密なコントロール、②複数の魔力の同時並行的な発動と行使、それに加えて、③属性を意識しない状態での魔力の行使、なのである。殊《こと》にこの世界の魔術師にとって難関となっているのが③であった。なまじ魔法が身近なものであったため、却って属性と無関係な力というものをイメージできず、無属性魔法を発動できないという結果に終わっていたのである。ちなみに【鑑定】は無属性の魔力を使うが、あれは魔法ではなくスキルである。魔力の使い方は型に嵌《は》められていて、変更や改良の自由度は低い。無属性魔法の参考にはならなかった。

ところが、幸か不幸かユーリの場合、生前の地球には魔法というものは実在せず、寧ろ属性とは無関係な「超能力」という概念の方が――ＳＦや漫画を通じて――身近であった。それより何よりこの時は、溶液中のパルプを操作するのに没頭するあまり、属性なんて高尚な概念はどこかへすっ飛んでしまっていた。

これらの結果として、ユーリは属性を意識しないままに魔力を行使するという要件を——無自覚のうちに——満たしていたのである。

後にユーリは自身のステータスを確認した時、身に憶《おぼ》えのない魔法がひっそりと登録されているのに首を捻ったものの、きっと神様のご褒美だと考えて、感謝を捧げるに留めておいた。それが何なのかを知る事もなく。

「あとは、これを脱水して乾かせばいいか。あ、一気に脱水すると何か拙《まず》いかもしれないし……生乾きの状態で広げておくか……」

窓ガラスに貼り付けて乾かせば早いんだけどなー、などと暢気《のんき》な事を呟きながら、窓ガラスの代わりに土魔法で生み出した滑らかな石板に貼り付ける。

解説では、木綿の布で水気を吸い取って……などと書いてあったが、そんなものはここには無い。水魔法の【脱水】を弱くかけながら、風魔法をこれまた微弱に発動させて乾燥させていく。完全に乾燥させるには一昼夜ほど置いた方が良いのだろうが、一見した感じでは充分使用に耐えそうな「紙」が出現していた。

「よーし、コツを忘れないうちに、パパッと作っちゃうか」

この世界ではそれこそ奇跡に近い無属性魔法を発動し行使した事などつゆとも自覚しないまま、ユーリは引き続き無属性魔法を使いこなして、サクサクと紙を作っていく。——と同時に、無属性魔法のレベルもサクサク上がるのであった。

最初に作った一枚には澱粉を混ぜ込んでいなかったが、二枚目にはリコラの澱粉、それも毒を抜いていないものを混ぜ込んでいる。

澱粉を混ぜ込んだのは滲《にじ》み防止の目的、いわゆるサイジング剤としてであり、それを有毒なリコラの澱粉にしたのは虫除け……正確に言えば紙魚《しみ》などの食害を防ぐためである。この世界に紙を食害する昆虫がいるかどうかは判らないが、ユーリとしては大事な記録が食害される危険性は少しでも減らしておきたかったので。

「ま、滲み防止っていうのはついでで、主な目的は虫除けだけどね」

インクの類で筆記するのなら滲み防止は必須だろうが、ユーリはインクによる記録は考えていなかった。何しろ、インクは何かで代用できても、肝心要《かんじんかなめ》のペンの当てが無かったのである。

金属がほとんどないこの村では、金属製のペン先などは当然用意できない。嘗てのヨーロッパで使用されていた鵞《が》ペン或いは羽ペンにしても、使えそうな鳥《ルッカ》の羽根が手に入ったのはつい先頃の事。しかも羽軸が微妙に太過ぎて使いづらい。古代では葦を削ってペンにしたと読んだ事はあるが、生憎この辺りには葦など生えていない。

斯《か》くいった状況の中でユーリが筆記具として選んだのは、木炭の粉を粘土と混ぜて作った、いわゆるチャコールペンシルであった。これならインクと違って滲む気遣いは無い。紙の表面が多少ざらついていようと、問題無く書けるわけである。

最初は粘土が手に入らず、そこらの土を細かに磨り潰して使用したとか、芯を土魔法で成形しようとしたら力加減が判らずに、串として使えそうな感じの太さと強度のものができたとか……色々と困難はあったが、今では充分使えそうなものが出番を待っている状態である。

ちなみに、後で澱粉を混ぜた紙とそうでないものを比較した結果、チャコールペンシルで書く分には澱粉はそれほど必要ではないと結論し、以降はリコラの有毒成分を抽出したものを添加するに留め、澱粉の添加は最小限に抑える事になる。ある程度ざらついた紙の方が書き易いという判断であったが、その「ざら紙」すらこの世界の紙の水準では上質紙に当たる事は知る由《よし》も無かった。

「明日には乾きそうだし……そうしたら糸で綴《と》じてノートにして、メモ帳と日記帳を作らないとな」

そう呟いたユーリの顔は、心底嬉しそうであった。

幕間　マーシャさんの呑兵衛奮闘記～酒と木の詩～

　春の足音が遠くから聞こえて来たとは言え、朝晩はまだまだ冷え込む三月の上旬。

　寒そうに震えながら何やら手桶のようなものを提《さ》げて外から戻って来たユーリに、こっちは温々《ぬくぬく》と家の中に閉じ籠もっていたマーシャが声をかける。

『おっ帰りー。この寒空にどこ行ってたのよ？』

　太平楽に居候を決め込んでいるマーシャの発言に、少しジト目を向けたものの、精霊に肉体労働を期待する方が無茶振りだと考え直したのか、溜息一つ《つ》を吐いただけでそれに答えるユーリ。

『うん、ちょっとね』

『……何それ？』

　この寒空にユーリが態々外に出てまで持ち帰ったものだ。それ相応に重要、もしくは有用なものなのだろう。それに気付いたマーシャがふよふよと寄って来る。が――ユーリから返って来た答えは、或る意味で爆弾であった。

『これ？　メープルの樹液だよ。今から煮詰めるかどうかして木蜜を作る――』

『……はぁっ!?　木蜜？　木蜜って言ったの!?　そんなもの、どこから持って来たのよ!?』

　木蜜と言えば糖質、糖質と言えば醗酵の基質であって……つまりは酒の原料である。

　それに気付いたマーシャの追及っぷりには鬼気迫るものがあったが、

『え？　今更何を？　表にもメープルの畑があるじゃない？』

『はぁあっ⁉』

どうやらシティ派を自認する彼女は、今の今までメープルの畑に気付いていなかったらしい。いや、苗木が並んでいる区画には気付いていたが、何かの果樹園だろうと思っていたようだ。

『……じゃあ、その木蜜は畑から採って来たの？』

だとすれば、原料問題は解決したも同然。早速にも醸《かも》しに取りかかって――と、先走りそうになるマーシャを、冷静なユーリの声が押し止める。

『残念。畑のメープルはまだ小さくて、樹液が採れるようなサイズじゃないんだよね。これは林の中に生えてる成木から、試験的に採って来た分』

冬にも冬眠しない魔獣や野獣は一定数おり、そういった手合いは大概餌に飢《う》えている。それらに出遭《であ》う危険を冒してまで、ユーリは樹液の採集に赴いたらしい。

それはつまり、ユーリが樹液を――正確にはそれを濃縮した木蜜を――重要なものと考えている事を意味する。……問題は、〝何のために〟重要と考えているかだ。

『え？　カロリー源と甘味料に決まってるじゃない？』

そうだろうな――とはマーシャも思う。どうにか冬を越せそうだとはいえ、ユーリの備蓄食糧にもあまり余裕は無い。カロリー最優先、次点で甘味料というユーリの判断は妥当なものである。

しかし――マーシャにとって糖質とは即ち酒造原料。ここで引き下がっては酒の精霊の名折れである。〝人はパンのみにて生くる者に非ず〟と、いつだったか当のユーリが言っていたではないか。

『一部の嗜好品が人生を豊かにする事には同意するけど、そのための甘味料だよ？』

『嗜好品と言うなら、酒だって同じじゃない』

『〝一部の〟って言っただろ？　それとも何？　お酒の精霊さんは子どもに酒を勧めるんだ？』

『う……（まったく……あぁ言えばこぅ言うんだから……）』

結局はユーリの主張――正論とも言う――が通って、この時はマーシャも持論を引っ込めたのだが……前世歴三十七年のユーリは、ここで少しの歩み寄りを見せる事が必要だと感じていた。

『……確かメープル以外の樹液でも、醗酵させてアルコール飲料を造る事はできた筈だよ？』

前世でヤシ酒というのを聞いた事があるし、リュウゼツランか何かの樹液で酒を造る話も読んだ事がある。こっそり【鑑定】先生にお伺いを立てたら、竹やカバノキの樹液からでも、アルコール性の飲料を造れるらしい。

製糖原料とするには糖度が低いのだろうが、マーシャ向けに酒の試作をするくらいの量は集められるかもしれない。彼女の気を逸《そ》らせられるのなら、ユーリも少しは譲歩するに吝《やぶさ》かでない。

『……初耳だわ。どうやって造るの？』

『え？　そのまま放っとけばいいんじゃないかな？　ドングリの樹液にカブトムシとかが寄って来るけど、あれだって醗酵してるみたいだし』

ユーリが深く考えずに返した言葉は、マーシャの矜持《きょうじ》を甚《いた》く逆撫《さかな》でしたらしい。

『カナブンやケシキスイなんかと一緒にしないでよ！』

……あ、こっちにもケシキスイとかいるんだ――などとズレた感想を抱いているユーリであったが、その間にもマーシャの憤懣《ふんまん》は続いていた。

『いい？　知恵と技術の粋を凝らして造るからこそ、酒は尊いのよ。放っといて腐らせた果物が酒精に変わったからといって、そんなのは酒じゃないわ。美しくないし、効能的にも微妙なのよ』

――どうやら運任せの自然醗酵では、酒精霊マーシャのお眼鏡に適わないようだ。

このままではマーシャのご機嫌を直すのは難しいと見て取ったユーリは、ここで二枚目のカードを切る事にした。こんな事もあろうかと、こっそり試作しておいたものがあるのだ。

『だったらこれは？　ポーションを少し飲み易く改良したものなんだけど』

去年の五月に発見したステビア――こちら風に言えばカウへ《カウヘ》――を村内の畑で栽培していたのだが、例によってマーシャは気付かなかった。そのステビアから昨年十月下旬に抽出した甘味料を用いて、ユーリはポーションの味の改善を試みていたのである。

砂糖などより遙かに甘味が強いため、添加する適正量を見つけ出すのに少し苦労したが、それでもどうにか納得できる味に仕上がっていた。

仄《ほの》かな甘味に気付いたマーシャがもの問いたげに眉を上げるのに、ユーリが事情を説明する。メーパルではなく甘味のある草の汁を使っているのだと。

俄然興味を持ったマーシャであったが、カウへの甘味は砂糖や蜜とは別物で、従って醗酵の基質には向かないと言われてお冠であった。ただまぁそれはそれとして、甘味が増える事自体は歓迎らしい。なので彼女もカウへの増産には同意したのだが……その裏では〝カウへを増産すれば、甘味料分の木蜜を酒に廻せるのではないか？〟という打算もあったようである。

その後、ポーションに添加するには、甘味の強いステビアよりも、カバノキなどの樹液の方が良いと判ったりもしたのだが……それはまた別の話になる。

第十章　アナザー～もう一つの廃村～

1．リサイクル資源

二年目の初夏、手製の暦では七月の上旬、ユーリがそこを発見できたのは半ばは偶然であり、そして半ばは必然であったと言える。

金属資源の確保に悩むユーリであったが、ふと思い出したのは岩塩坑の事。岩塩坑と言うくらいだから、鶴嘴《つるはし》か何かで掘っていた筈だ。なら、坑道の近くを探せば、置き忘れられたり壊れて打ち棄てられたりした鶴嘴などが見つかるのではないか……？

かかる淡《あわ》い期待の下に岩塩坑周囲の探索に向かった――例によってマーシャは同行を辞退している――ユーリが発見したのは、打ち棄てられた鶴嘴……ではなく、打ち棄てられた村の跡であった。

ちなみに、岩塩を採掘するというのに塩に弱い鉄製の道具を使うだろうかという素朴な疑問は、ユーリの脳裏に浮かぶ事は無かった。

＊＊＊

「これは……僕の村より古いみたいだな……」

ユーリの住まう廃村はまだ家々の造りもしっかりしているが、ここは家というよりその残骸である。屋根も床もとうに抜けており、陽光の差し込む家の中には草や木が芽吹いている。

これでは何の収穫も望めまいと諦めていたのだが、豈図《あにはか》らんや、ここが資材の宝庫であったとは。

「うわ……錆《さ》びたり傷んだりはしてるけど……ほとんどの生活雑貨が残ってるみたいだ……突発的に何かが起きて、村が放棄されたのかな……?」

――だとすると、あまり愉快な話ではない。

殊《こと》に、その「何か」を引き起こしたものが、まだ存在しているとしたら。

「……今のところ【察知】には何の反応も無いけど……注意しておこう」

注意はしつつも、使えそうなものは片っ端から【収納】していく。壊れていようが錆びていようが、貴重な資源には違いない。ユーリの魔法を駆使すれば、ある程度の再資源化《リサイクル》は可能なのである。

「衣類は……駄目か。すっかり腐ってる」

家の木材が腐朽するくらいだ。布などが無事な筈もなかった。食糧の類も全て無くなっていたが、こちらは腐る前に野生動物の腹の中に収まったのだろう。炭でも残っていないかと探してみたが、それらしきものは見当たらなかった。

「収穫は金属と焼き物くらいかな……ほとんど壊れたり錆びたりしてるけど」

残された「金属」の中に、この国の貨幣らしきものがいくつかあった。大半は銀貨と銅貨であるが、数枚ほど金貨も混じっている。廃村を出る機会があれば、必需品の購入に使えそうである。

「日本だと何かの法律に引っかかりそうだけど……こっちでは多分大丈夫だよね。……ラノベなんかでも、拾った者に所有権が移るみたいだし……」

多少グレーな部分はあるものの、どうせバレはしないと開き直って、洗《あら》い浚《ざら》い回収していく。

そうした戦利品の中に、「それ」が混じっていた。

「革袋みたいだけど……何で無事なのかな？　破れてもないし、特に傷んだ様子も無いし……」

木材が腐るほどの状況下で、革袋が無事に残っているのはいかにも怪しい。

「……毒か何か入ってるんじゃないだろうな……？」

毒物や重金属で汚染されてはいないかと、おっかなびっくり【鑑定】をかけてみたところ……

《マジックバッグ：物品を収納するための魔道具であるが、魔力切れで現在は使用不可能。魔石に魔力を補充してやれば使用可能》

へぇ、魔道具なんだ、と感心していたユーリであったが、やがてこの魔道具の重要性に気付く。

【収納】自体はスキルを持っているので問題無いが、この魔道具があればユーリの【収納】を隠す事ができる。【収納】スキルの事を隠したまま、【収納】の恩恵に与る事ができるのだ。

これぞ本日最大の収穫と喜んだユーリであったが、そう判断するのはまだ早過ぎたようだ。

2．逸出作物

「……これって……大豆《だいず》……だよね……？」
《ソヤ豆：莢《さや》に入った豆を着ける一年生の作物。茎の先はやや蔓状になる。他の豆類と同様に、根にコンリュウキンをキョウセイさせており、クウチュウチッソをコテイする事で、チッソ分の乏しい場所でも生育できるため、土壌の改善効果も期待できる。その反面レンサクショウガイを起こし易いので、栽培には注意が必要である。種子はタンパクシツとシシツに富むが、その一方で苦味成

分や有害なタンパクシツを含み、生食はできない。そのため、この国ではあまり栽培されておらず、知名度も低い。火を通せば有毒成分は無毒化できる。異世界チキュウでダイズと呼ばれていた種に類似している》

……根に根粒菌を共生させて、空中窒素を固定……連作障害を起こし易い……蛋白質と脂質に富む……【**鑑定**】した結果から見てもやはり大豆、或いはこの世界で大豆に相当する種類らしい。見ればあちこちに野生化しているが、残念ながらまだ莢は小さいままである。

「まぁ、食べ頃にもう一度やって来ればいい……いや、生えている数次第では、来年用の種子を採るだけになるのか？」

これは早々に確認しておかねばなるまい。今年のメニューが増えるのか、それとも来年まで持ち越しなのか。ここでは食事は最大の楽しみとも言える。食事のレパートリーが増えるかどうかは、それこそ生きる意欲に直結する。

「それに……大豆があるなら味噌と醤油、そして豆腐に挑戦するのは、日本人のお約束だよね」

麹黴《こうじかび》だの酵母《こうぼ》だのの問題があるので、味噌も醤油もそう簡単に日本と同レベルのものは造れまい。豆腐の方はと言えば、こちらはこちらで苦汁《にがり》成分をどうするかという問題がある。岩塩坑から塩は採れるのだが、幸か不幸かここの岩塩には、マグネシウムはほとんど含まれていない。それはそれで良いのだが、豆腐を造るのに必要な苦汁が得られないという問題が生じるのである。

味噌・醤油・豆腐、いずれもユーリの生涯を賭けて挑む事になるかもしれないが、それはそれ。老後までの楽しみと思えばいいのだと考えていた。……十歳に満たない者の発想ではない。

「けどまぁ……肉醤は何とか使えるものになったし……思ったより早くできるかもしれないしね」

野生動物や魔獣の内臓を塩漬けにして醗酵させた肉醤は、塩以外の調味料を渇望したユーリが生前の記憶を振り絞って思い出したもので、嘗ては日本でも使われていたという記録がある。

とは言え具体的な製法などについては知らなかったので、多分魚醤――秋田の塩汁《しょっつる》とかタイのナンプラー、ベトナムのヌクマムなど――に似たものだろうと大雑把に見当を付け、だったら内臓を塩漬けにして醗酵させれば何とかなるんじゃないかという乱暴な期待の下に試作したのだが、幸いにして試作品の一つがどうにか使えそうなものになった。今はそれを利用しつつ育て、他にもいくつかの試作品を造っている状態である。

どろりと濁った液体なので、使う時にはその上澄みだけを掬《すく》い、調味料として用いている。独特の臭い――と言うか臭み――はあるが、濃厚な旨味が含まれているため、ユーリはスープを作る時の出汁《だし》やドレッシング代わりに用いている。マーシャは臭いが苦手なようだが、薄めるとそれほど気にはならないらしい。

しかし、塩と肉醤、数種類のハーブや香辛料――肉桂《シナモン》のようなものと山椒のようなものが見つかった――だけではユーリの欲求を満たすには至らず、せめて味噌くらいは欲しいと思っていたところである。大豆が手に入ったという事は、その野望に一歩近づいた事に他ならない。

何はともあれ生えている数を確かめるのが先決だと、ユーリは勇んで村落跡を見廻るのであった。

＊＊＊

「う～ん……種用に取っておく分を考えると……バクバク食べる余裕は無いな。味噌の試作ができるほどの量じゃないし……麹が得られるかどうか試すのが精々か……。あ、それと……」

ここでユーリは重要な事を思い出した。そう、豆科と言えば根粒菌である。根に根粒菌を共生させた豆科植物は、根粒菌が固定した空中窒素を利用する事で、窒素分の乏しい土でも生育できる。なので収穫後の植物体を緑肥としてすき込むか、あるいは枯れたものをそのまま堆肥とすれば、畑に窒素分を補給できる。尤も、その前にこちらの世界の豆科植物の窒素固定能については確認しておく必要がある。


「【鑑定】に表示された以上、窒素固定の能力を持つのは確かなんだろうけど……土壌改良の効果がどの程度なのかは確かめないとね。……一株か二株ほど村に持ち帰って植えてみるか……」

土魔法と木魔法を使えば、移植にも活着にも問題はないだろう。

「それと……蕪《かぶ》の方もいくつか持ち帰っておこうかな……」

この村落跡では、大豆の他にもいくつかの逸出作物の生育を確認できた。小麦や芋など、廃村で既に栽培を進めているものも多かったが、向こうでは見つからなかった作物が、大豆以外にも確認できたのである。カブとカボチャであった。

《スズナ：一年生または越年生の作物。冬に肥大して丸くなった根を収穫して食べるほか、葉の部分も食用になる》

《ボカ：他の大陸から——恐らくは試験的に——持ち込まれた一年生の作物。この国ではほとんど栽培されていない。茎は蔓性で地を這《は》い、初夏に大形の実を結ぶ。果実及び種子は食用》

スズナの方はまだそれ程大きくないので、移植もさして手間ではないが、ボカの方は蔓が伸びて実を着けている。今から持ち帰って移植するよりも、このままここで育てる方が好さそうに思えた。

「ま、ここは第二拠点みたいな感じかな」

色々と収穫の多かった村落跡であったが、同時に無視できない懸念も与えていた。

——この村はなぜ放棄されたのか？

魔道具を含む家財一式を洗い浚い残していくくらいだ。村人たちは緊急避難的に村を離れたのだろうが……その原因は何なのか？

家財がそのまま残っているということは、村人たちがここに戻って来なかった事を示唆している。

——なぜか？

家も柵も既に朽ち果てているため断定はしにくいが、強い力で壊されたような形跡は見られなかった。だとすると、村人たちを追い立てた脅威とは何だったのか？

警戒を強めるユーリであったが……その「脅威」というのが、昨年の暮れに自分が仕留めた三羽の怪鳥《ルッカ》であったことは、彼の想像力の埒外《らちがい》にあった。

第十一章　廃村の鍛冶屋

1．砂鉄の発見

「これってやっぱり、砂鉄だよなぁ……」

　地崩れか何かで土が剥き出しになった斜面を【鑑定】しながら、ユーリはそう呟いた。崩落した土砂を何の気無しに【鑑定】していたところ、それを確認したのである。

《砂鉄：岩石中に含まれるジテッコウ等がフウカの過程でボガンから分離したもの。主成分としてシサンカサンテツを含み、黒色、ジセイを持つ。製鉄原料として使われる》

　鑑定結果の所々がカタカナの灰色表示になっているのは、こちらの世界にはまだ存在しない概念のため、日本での単語をそのまま使用している箇所である。普通の日本語に翻訳すると――

《砂鉄：岩石中に含まれる磁鉄鉱等が風化の過程で母岩から分離したもの。主成分として四酸化三鉄を含み、黒色、磁性を持つ。製鉄原料として使われる》

「製鉄原料かぁ……」

　この廃村――密かにユーリ村と呼称している――に足りないものは多々あるが、金属製品はその一つである。先住者たちが離村する時に洗《あら》い浚《ざら》い持ち去ったため、現在村にある金属製品は、壊れていたものや錆びていたもの――村落跡から回収したものを含む――を土魔法で補修した鍋釜と庖丁、それに一部の農具くらいである。大抵はユーリが土魔法で作製した代用品か、もしくは土魔法そのもので賄えているため、実際面での不足や不都合はないのだが、できれば入手はしておきたい。ただ、これまでは入手の当てが無かったのである。

ユーリがこの地に転生してから三年目の、この時までは。

「う～ん……砂鉄自体を土魔法で弄《いじ》くっても、鉄に製錬するのはできないみたいなんだよなぁ……形は変えられるみたいだけど……」

――少し説明をしておこう。

この世界の土魔法は、土という混合物を混合物のまま流動・変形させ、硬化させる事には秀でている。その反面で、例えば酸化鉄から酸素を抜いて鉄に変えるなど、元素などの追加や除去による物質の変化は不得手であった。それは錬金術の領分である。なので砂鉄を集めても、それを還元して鉄にするのは、況して適量の炭素を追加して鋼に製錬するのは、土魔法だけでは難しい。

……というような常識を知らないのが、転生者たるユーリのユーリたる所以《ゆえん》である。この時も【田舎暮らし指南】で製鉄の方法を調べ、高温で一酸化炭素と反応させて酸化鉄を還元するという手順を知る。たたら製鉄がその例であるが、炭素源として大量の炭を消費するという事も知った。

「そこまでやるのも面倒だしなぁ……僕一人が使う道具をいくつか作りたいだけなんだし……」

ここで――要するに一酸化炭素というのは気体だし、風魔法でどうにかなるんじゃないか――と、余計な事に気付いてしまうユーリ。迷わず【田舎暮らし指南】師匠にお伺いを立てたところ……

「あ、やっぱりできるんだ……今の僕じゃ無理だけど……」

風魔法のレベルが6以上に上がっていれば、ある程度なら気体の変化は可能らしい。さすがに無制限というわけではないが、幸い二酸化炭素を還元して一酸化炭素を生成するのは、高温条件さえ与えればそう難しい事ではないらしい。

なので小規模な範囲でなら、火魔法と風魔法を併用して砂鉄を製錬して鉄を造ることはできるようだ。ただ、こうして得られた鉄は軟らか過ぎるため、別途に炭素を浸炭して鋼――いわゆる炭素鋼――にしてやる必要がある。が、それに使用する程度の炭なら大した量ではない。

更にクロムやニッケルを添加できれば、いわゆるステンレス鋼の製造も可能なのだが、現状では純度の高いクロムやニッケルの入手は困難であった。ただ……。

「珪素《シリコン》かぁ……石英なら多分手に入るし……あれって二酸化珪素だったよな……」

フォア世界に特殊鋼がお目見えするのは、そう遠い日の事ではないかもしれない。

2. 製錬

特殊鋼のロマンに暫し思いを馳《は》せたユーリであるが、目下の問題はその手前、特殊でない普通の鉄をいかに入手するかである。

原料となる砂鉄を行き掛かりで手に入れた以上、少なくともそれを回収してインゴットにするくらいはやっておきたい。できればその先、鉄製のあれこれを造り出すところまでは進めておきたい。魔製石器で大体間に合っているとはいえ、重さが必要な剣鉈や斧・金槌、熱伝導の良い鍋釜など、欲しいものは色々とある。あるのだが……。

「問題は、酸化鉄の還元法なんだよな……」

古代から現代に至るまで様々な製鉄・製鋼法が開発されてきたが、基本的には酸化鉄を一酸化炭素と反応させて還元する点は共通している。あとは反応の温度によって、炭素や不純物の含量であるとか固体なのか溶融状態なのかが変わり、それに応じて加工の方法も変わってくる程度である。

「そうなると……どうやって一酸化炭素を作るかって話になるんだけど……」

できるだけ純度の高い炭素燃料を酸欠状態で燃やす、これに尽きる。

問題なのは〝できるだけ純度の高い炭素燃料〟という部分である。要は木炭かコークス――石炭は硫黄などの不純物が多く、そのまま使うと鉄の品質が悪くなる――があればよいのだが……

「コークスは石炭を蒸し焼きにして作るから、石炭自体が無いここでは手に入らない。木炭を作るには大量の木材を消費するから、森林破壊の原因になる……どちらも駄目だね」

自分一人が製鉄に使う分くらいなら大丈夫かとも思うが、手間暇労力を消費する事は変わらない。ならば魔法で……と言いたくなるが、火魔法は熱を生み出しはするものの、一酸化炭素なんていう無粋な代物は出てこない。よって、製鉄という目的においては棄却せざるを得ない。

なら、異世界もののもう一つの定番、錬金術ならどうか？

【田舎暮らし指南】師匠にお伺いを立てたところ、【錬金術】では直接に酸素を除去して還元するような事をしているらしい。何ともチートじみた話であるが、どのみちユーリは現時点で錬金術を持っていないため問題外である。【田舎暮らし指南】によれば、努力次第で取得――と言うか、アンロック――は可能らしいから、一応確認しただけだ。

風魔法で一酸化炭素の生成は可能なようだが、前述のとおり今はスキルレベルが足りていない。

「これは……今は諦めて時期を待て――っていう神様のご託宣かなぁ……けど……」

普通ならここで諦めて次の機会を待つところだろうが、滾《たぎ》りに滾ったユーリのモチベーションは、そう易々とは鎮火しない。何かヒントは無いものかと、自分が持つ魔法を調べていたところ……

「闇魔法の……【腐蝕】？」

製紙の時にも使った事があるが、本来これは物質を腐蝕させて脆くする魔法らしい。鉄製の武器などにかける事で、それをボロボロにする事ができるようだ。

「……鉄を錆《さ》びさせるっていうなら……つまりこれって、酸化だよね……？」

酸化があるなら還元だってある筈だろう。そう意気込んで探してみたところ、「酸化」も「還元」も見つける事はできなかったが、

「【毒化】……？」

色々と物騒な名前のスキルが並ぶ闇魔法であるが、その名に反して意外にも使い途《みち》の広そうな、化学反応系のスキルが揃っている。そしてこの【毒化】の一つに、二酸化炭素を一酸化炭素に変える反応があったのである。

――一酸化炭素確保の目処は付いた。

＊＊＊

大量の磁鉄鉱――と言うか砂鉄――を持ち帰った数日後、村の一隅で製鉄に挑戦しようとするユーリの姿があった。ただし、普通の製鉄には必須である筈の炉は影も形も無い。

貴重な燃料の大量消費を避けるために、ユーリは熱源として魔法を使うつもりであった。故に燃料も炉も必要無いのである。

「え～と……無魔法で保持して、火魔法で鉄を加熱、闇魔法で還元、得られた鉄を土魔法で変形。それに加えて、一酸化炭素中毒にならないように風魔法で換気……うん、無理」

魔法の同時発動には慣れた――普通は慣れる事ができるようなものではない――とは言え、同時に五つの魔法を同時発動するなど、いかなユーリでも無理な相談であった。それでも一応試してはみたのだが、案《あん》の定《じょう》魔力のコントロールに失敗した。

「……どうせ屋外でやるんだし、換気は自然拡散で充分だよね……」

――という判断で風魔法を省く事にしたが、それでも四つの魔法の同時発動である。苦心惨憺《くしんさんたん》・四苦八苦して魔力をコントロールし続けた結果、どうにか鉄の製錬に成功する。

「……でき……た？」

何しろ鉄の製錬など初めてである。できたものが正しく「鉄」なのかどうかは判らない。なので早速【鑑定】してみたところ、間違いなく鉄であると表示された。ただし、製錬の過程で炭素を添加することがなかったため、炭素含有量の低い、いわゆる「錬鉄《れんてつ》」というものができたようだ。

「え～と……炉内温度が低いと炭素含有量の低い錬鉄ができるのか……鉄は炭素含有量が低いほど融点が高くなるから、今のように固体状態の還元鉄が得られる……粘り気がある反面で硬度は低いと……刃物には向かないか……」

この錬鉄をいわゆる鋼に加工するためには、炭素の供給源として木炭やコークスなどが必要になる。錬金術があれば直接に炭素と結合させて鋼を作る事もできようが、生憎ユーリは錬金術を持っていない。未練たらしくステータスを確認したユーリであったが、すぐに目を剥く事になった。

「錬金術が解放されてる……？」

ついさっきまでグレー表示となっていた筈の【錬金術（初歩）】が、今は普通に表示された状態になっている。……いや、この言い方は正しくない。「錬金術」という文字がきちんと表示されているのは確かなのだが、そこにあるのは【錬金術（初歩）】ではなく……

「【錬金術（怪）見習い】って何だよ……」

どうやら真っ当な修得過程を経ずに、各種の魔法を乱発して創意工夫に富んだ還元反応を生《しょう》ぜしめたため、このような形での部分解放となったようだ。「初歩」ではなく「見習い」の文字が付いているのがその証《あかし》らしい。ユーリが確かめてみたところ、見習いだけあって酸化と還元が使える程度で、鉄に炭素を添加するという肝心の反応はできないようであった。

「それでも、面倒な還元工程を錬金術でやれるだけ、楽は楽なんだけど……」

できあがった錬鉄をどうするかの目処は、依然として立っていない。

「……このままでも鍋釜くらいには使えるか……いや待て」

魔製石器を作った時の要領で変形と硬化はできないものか。一応試してみたところ、変形自体はできるものの、硬化させるにはかなりの魔力が必要らしいと判った……二度とやりたくないほどの。

「そうすると……正攻法で鍛造するしか思い付かないんだけど……」

鍛冶屋がやっているように木炭を燃やした炉で加熱してやれば、浸炭《しんたん》については何とかなるだろう。ついでにトンカチと鍛冶の真似事でもやっていれば、上手くすると鍛冶のスキルが解放されるかもしれない。どうやらこの世界では、或いはユーリの場合は、一度は手作業で作らないとスキルは――少なくとも真っ当な形では――解放されないようだ。

「ただなぁ……それで上手く【鍛冶（初歩）】が解放されるって保証が無いんだよなぁ。下手をすると、折角作った錬鉄が無駄になっちゃうし……」

生憎と【田舎暮らし指南】には、鍛冶作業の大雑把な説明は載っていても、詳しい手順までは記されていない。鍛冶の細かな手順などは、【鍛冶（初歩）】を解放しないと表示されないようだ。つまり、スキル以外の手段で鍛冶の知識を得ない限りは……

「うん。暫《しばら》く放って置くしかないね。鍋釜に変形する程度なら土魔法でも大丈夫だし、刃物は今のところ魔製石器で何とかなってるしね」

それでも何かの時のために、素材としての錬鉄は確保しておこうと決意するユーリであった。

幕間　マーシャさんの呑兵衛奮闘記〜林檎の木〜

1．皮切り

——ユーリがこちらの世界にやって来てから三年目の晩秋の事である。

『ねぇ……今年はかなり多くの量が穫れたわよね？』
『うん、まぁ、去年よりは——ね』
『だったら、今年はいくらかシードルにも廻せるわよね？』
『う〜ん………………』

酒の精霊マーシャがじわりとユーリに詰め寄っているのは、収穫したリンゴ——この世界風に言えばプルア——の一部をリンゴ酒《シードル》の醸造に振り向けろという事である。少しばかり諄々《くどくど》しくはなるが、ここに至るまでの経緯を簡単に説明しておこう。

この世界にやって来てから二年目の初夏、ユーリはリンゴ《プルア》の野生種を発見していた。前世の日本で流通していたものに較べてやや小振りで酸味が強いものの、充分に食用に耐えるもので……同時に、醗酵させて酒を造れるだけの糖分を含んでいた。酒造りに執念を燃やす精霊マーシャが色めき立ったのは当然であったが、食料自給に血道を上げるユーリもそれ以上に奮い立った。野外で発見した母樹だけでは足りぬとばかりに、もはやすっかり定番化した挿し木繁殖を行なったのである。

挿し穂に対して木魔法による活着促進を図ったところ、あっさり活着して成長した。そこまでは想定の範囲内であったが、半分ほどがその秋に実を着けたのにはユーリもマーシャも仰天した。木魔法とはここまで威力の高いものであったか？

……実は、先に述べたメープルでもそうだが、挿し木苗に対する木魔法の効果が高いのは、この村の立地条件が関わっていた。

ここフォア世界には遍《あまね》く魔力や魔法というものが存在するため、生物もその影響を免れ得ない。具体的に言えば、魔力の豊富な環境ほど良く成長する。言い換えると、魔力に対して敏感に反応するのである。況《ま》してここは魔獣が跳梁跋扈《ちょうりょうばっこ》するほど魔力の豊富な土地。そこに生えているメープルやプルアも、当然魔力に対して反応する。そんな挿し穂にユーリの馬鹿げた魔力を――木魔法という形で――与えたらどうなるか。その答が常識を逸した成長速度というわけなのであった。

ユーリにせよマーシャにせよそこまでの事情は解らなかったが、重要なのは木魔法によって成長が促進されるという事であり、プルア増産の目処が早くも立ったという事である。尤も、さすがに初年度の収穫は多くなかったので、マーシャも酒に廻せとは言い出せなかった。が、今年はそこそこの量が得られている。……いや、若木の一本一本に着く実の数はそこまで多くないのだが、そんな若木が三桁に迫ろうという数植えられていれば、トータルの収量もそれなりになる道理である。

ちなみに昨年は、未練がましくプルアを眺めるマーシャを懐柔するために、ユーリはアップルパイの試作に踏み切っていた。酒の精霊《マーシャ》をコロリと転ばせたその神通力あって、ユーリに対する憾《うら》み言は影を潜めていたが、今年のプルアの収穫を目にして、またぞろ酒の虫が騒ぎ出したようだ。

『……まぁ……少しなら試作に廻せるかな』

『――本当!?』

ユーリとて酒に興味が無いわけではないが、どうせこの歳での飲酒は望ましくない。それなら別に慌てる事も無い、じっくりと腰を据えて美味い酒を造りたい……というのがユーリの本音であったが、対するマーシャの方はそこまで待ちきれないようだ。あまり要求を蹴ってばかりというのも拙いだろう。ここは少し譲歩しておいた方が良い。どっちみち、いずれ試作は必要になるのだ。

そんな思惑《おもわく》からシードルの試作にゴーサインを出したユーリであったが……見通しが甘過ぎたと後悔するのは、その後直《す》ぐの事であった。

2. 搾汁

ユーリの誤算が明らかになったのは、マーシャの何気ない一言からであった。

『だったら、作業はお願いね』

『……え？』

苟《いやしく》も酒の精霊なんだから、酒造りはマーシャがやるのではないのか？　てっきりそう思い込んでいたユーリであったが、

『あら？　自分で造れるんならこんな苦労はしないわよ？』

『ご尤も……』

マーシャが超能力か何かでパパーっと原料を酒に変えるのを期待していればこそ、ユーリも安易

に気楽にゴーサインを出したのであるが……早々にその目算を狂わされた形である。話が違うと言いたいところだが、別にマーシャが虚言《きょげん》を弄《ろう》したわけではなく、単にユーリが勘違いをしただけである。何より、既に言質《げんち》は取られているのだ。今更前言を翻す事もできない。ユーリは渋々作業に同意したのであったが、

『……で、リンゴ酒って、どうやって造るの？』

『簡単よ。リンゴの搾り汁なら、放って置いても醗酵が始まるわ』

雑菌が混入して醗酵が上手くいかない事もあるようだが、そこは酒の精霊たるマーシャの加護だか神通力だかでどうにかできるらしい。腐造の懸念がないだけでも重畳《ちょうじょう》である。だが、それはそれとして……

『……搾り汁《ジュース》？』

目の前にあるのは小振りだが丸ごとのリンゴ《プルア》の果実。「ジュース」などでは断じてない。念のために確かめてみたが、水魔法や木魔法で果実から果汁を搾《しぼ》り出す事はできないようであった。やはり獲物の血抜きとは勝手が違うようだ。つまり――

『……コレからジュースを搾り取る必要があるわけだよね？』

生憎とその具体的な方法については、マーシャも知らないようであった。こっそり【鑑定】先生と【田舎暮らし指南】師匠にお伺いを立てたところ、工業的には専用の破砕機にかけた後、プレス機でジュースを搾り出すようだが……ここにはそんなものは無い。前世の日本ならジューサーとかミキサーの出番だろうし、手作業でやるなら下《お》ろし金《がね》というものがあった。しかし、ユーリの今いる廃村では、家電製品は無論魔道具すら無い。下ろし金にしても、慢性金属器欠乏症のユーリの村

にそんなものがあるわけが無い。何より、大量のリンゴを一々摺り下ろすなんて真似はしたくない。

臼と杵を使って人力によって潰す事もある――とあったので、ユーリは安定の土魔法で臼と杵を作り出した。尤もユーリが作り出したのは、前世日本で餅搗《もちつ》きに使われていたような臼と杵で、一般にリンゴの破砕に使われているものとは違っていたが。


『何で、僕が、こんな事っ』

『頑張れー、ユーリ、美味しいお酒が待ってるわよー』

『だからっ！　僕は、まだ、お酒なんて、飲めないんだよ!!』

『大丈夫。シードルなんて水みたいなもんだから』

『そういう、問題じゃ、ないんだってば!!』


どうにか潰し終えた実を、次はプレス機にかけてジュースを搾り出すのだが……これ以上の肉体労働は御免と感じた九歳児《ユーリ》は、水魔法による搾汁に再チャレンジした。丸のままのリンゴからジュースを抽出するのは無理でも、潰れたリンゴからの搾汁なら何とか可能であった。……大量の魔力と引き換えにであったが。

ちなみに、搾った果汁の褐変を防ぐのと、果汁内に含まれていて混濁の原因となるペクチンの除去は、マーシャの力で進めることができた。

3．失敗と挽回

で——そんなこんなの苦労の果てに醗酵を終えた「リンゴ酒《シードル》」であったが、

『……何だがあんまり美味しくないような……リンゴ酒《シードル》って、こういうもんなの？』

『……………』

マーシャが憮然《ぶぜん》として無言なのを見れば、出来映えに満足していないのは明らかである。今回のように天然酵母を用いた場合、出来不出来が生じるのは避けられないが、今回は運が無かったようだ。酒の精霊の御利益《ごりやく》も、酵母の品質にまでは及ばないらしい。

『後知恵だけど、最初に実をいくつかに分けてから、発酵を試してみれば良かったかも』

そうすれば酵母の選抜も兼ねられたであろう。まぁ、それをするにはリンゴの量が少なかったのも事実なのであるが。

『天然酵母に頼る以上、どうしても運否天賦《うんぷてんぷ》のところはあるよね。どっかから酵母を貰えない？』

既存の蔵元からシードル用の酵母を分けてもらえれば、こんな失敗はしない筈。

『駄目よ。酒の種《こうぼ》はその蔵の秘蔵だもの。気安く分けてくれるところなんて無いわ』

『……マーシャ《おさけのせいれい》がこっそり貰ってくるっていうのはなし？』

『そんな酒造りの仁義に悖《もと》るような真似はできないわ。……今気付いたんだけど、仮にそれをやっても多分無理よ』

『え？』

先にも述べたように、山地の生物は魔力の豊富な環境で良く成長する。逆に言えば、魔力が乏しい環境では成長が遅れる。ところがその一方で、果樹園や圃場、それに造り酒屋のある平地では山地ほどの魔力が期待できないため、乏しい遊離魔力でも成長できるような系統が選抜されてきた。

酒造酵母の場合もそれは同じで、平地の酵母を山に持って来た場合、豊富な魔力に反応するかどうかは疑わしい。いや、それどころか、豊富な魔力が却って生育や活動に悪影響を及ぼす可能性も無視できないという。況して、ここのプルアはユーリが木魔法で生育を促進した株なわけで……

『あたしたちが原料にするプルアは豊富な魔力を含んでいる筈だから……』

『……平地の酵母だと、含まれている魔力を上手くあしらえない可能性があるのかぁ……』

つまり、酒造用酵母の選抜が必要という事だ。本格的な試験は来年以降になるだろう。

――それはそれとして、この微妙な「リンゴ酒《シードル》」をどうするか。

『……このまま飲む気にもなれないし……リンゴ酢にでもしてみる？』

『――お酢？』

『うん。リンゴ酢なら料理に使う以外に、ドリンクにして飲んでもいいし』

『……お酢を――飲むの……？』

どうやら〝人の手によって造られた薬効を持つ飲み物〟の精霊であるマーシャにも、酢を飲むという発想は無かったようだ。リンゴ酢をそのままがぶ飲みするのかと引き気味の彼女に、甘味を加えて水で割るのだと説明する。マーシャには今一つ想像ができないようであったが、まぁやってみて悪い事はないだろうと、消極的な同意を受けた。

――その後、ヴィネガードリンクなるものを初めて味わったマーシャは、ユーリの想像どおりあっさりと転んだのであった。

第十二章　不思議な少年

1．祖父と孫娘

天候の不順、虫害の発生、他国での戦による商品作物の流通停滞……などの様々な要因が絡み合った結果として、この国は――危機的な段階ではないにせよ――食糧の慢性的な不足に見舞われていた。特に、他国や農村から運ばれて来る食糧に依存している都市部の困窮は深刻……とまではいかないにせよ、軽視できない段階に達していた。危機感からの買い占めなどもあって、出廻っている食物は逼迫《ひっぱく》気味となっていたのだ。

一方で、そこに商機を見出す者たちもおり、少し気の利いた商人なら馬車を引いて各地の農山村に赴《おもむ》いては、決して豊かとは言えない貯蔵食糧までも買い漁っていたのである。

ここエンド村もその例外ではなく、春頃に馴染みの商人が馬車を引いて訪れたかと思うと、村にある作物を高値で買い漁っていった。さすがに種籾には手を着けなかったが、今年の収穫まで食べていける分だけをギリギリ残して、村人たちは万一のために貯えていた分までも放出した。金に目が眩《くら》んだと言うより、食べるものが無くて困窮している者たちのことを考えてである。自分たちはまだ何とかなる。作物だけでなく、野山で採れるものを食べてもいいのだ。

結果として村の食糧事情には余裕が無くなり、少しでも手の空いた者は危険でない範囲で山野に出て、食べられそうな木の実・草の実・若葉などを集めていた。

村の少女ドナが祖父と共に山に――いつもよりも深いところまで――分け入ったのも、七月のそんなある日の事だった。

「山イチゴ、思っていたより生《な》ってないね、お祖父《じい》ちゃん」

「そうじゃの……ひょっとしたら、山の獣どもに先を越されたのかもしれんな」

「……獣たちも、飢えてるのかな……？」

「どうかのう……ネズミどもはいつもどおりのようじゃが……」

期待していたよりも乏しい収穫に表情を曇らせていたドナだが、山の獣が飢えているという可能性を聞かされて、更に顔を曇らせた。腹を空かせた獣たちが村の作物を襲うような事になれば、下手をすると村人たちまで飢える羽目になる。備蓄していた作物は既に売り払っているのだ。

表情を曇らせていた二人であったが、祖父であるオーデルがある事に気付いた。

「はて……何やら径《みち》が踏み固められておるような……」

「あ……じゃあ、この辺りまで来た人がいたんだ」

その誰かが先に収穫を終えたのなら、山イチゴが思ったより採れないのも道理である。山の獣がどうのと心配する必要も無い。

ほっと気を緩めかけたドナであったが、祖父の言葉に再び緊張を高める。

「いや……村の者でこの辺りまで出て来たのは儂《わし》らだけの筈じゃ。それに……村の者ならもう少しはっきりと藪を払っておるじゃろう」

径の様子も大人が踏み分けたような感じではない。もっと小さい者が歩いたか……でなければ、跡を残すのを極力避けたような……

「それって……あたしたちの知らない誰かが、この辺りに隠れ住んでいるって事？」

「何とも言えんがな。……ともかく注意を払っておく必要はありそうじゃゃ。……ドナ、すまんがお前一っ走《ぱし》り村へ戻って、村の衆にこの事を伝えてくれんか？」

「お祖父ちゃんを一人にするって事？　駄目よ。村へ戻るなら二人一緒。お祖父ちゃんが戻らないなら、あたしも戻らないわ」

きっぱりと言い返した孫娘を見て、オーデル老人は考える。この娘《こ》がこう言い切った以上、説得するのは無理だろう。ならば二人一緒に戻るべきか？

だが、何者かがいるという懸念をそのままに戻るのも躊躇われる。何より、現時点では単なる——それもあやふやな——勘のようなものに過ぎないのだ。確たる証拠が得られるまで、もう少しだけ先へ進むべきか？　どのみち今日の目的であった山イチゴも、充分な量は採れていない……。

暫しの思案の後、老人は先へ進む事に決めた。ただしくれぐれも注意して、無闇に音を立てない事、会話もヒソヒソ声で行なう事を孫娘に告げる。

黙して頷いたドナと共に、微かな径の跡を先に進む。密《ひそ》やかに。


「……お祖父ちゃん、この先って、以前に村があった場所じゃない？」

「うむ……塩掘りの連中がな。しかし、彼らが去ってかれこれ十年近くになる筈じゃが」

「塩掘りの人たちは、なぜ村を捨てたの？」

「それはあれじゃ、魔獣を追い払うのが難しくなったからじゃろうよ。儂らの村ですら、獣の悪さに往生しとるんじゃぞ？　こんな山の中に村を作ろうなど、正気の沙汰ではないわい」

「それもそうか」

……しかし、事実は時として芝居や絵双紙《えぞうし》よりも突飛《とっぴ》な展開を見せる。

ヒソヒソ声で会話しつつ進む二人の目の前に現れたのは、祖父の言葉に反して、頑丈な石壁で囲まれた要塞のようなものだった。

2. 遭遇と驚愕《きょうがく》

「何じゃ……アレは……？」

廃村があった筈の場所は、頑丈そうな石壁でぐるりと囲まれている。だが……

「前に来た時は……こんなものは無かったぞ……」

「……それ、本当……？　お祖父ちゃん」

「嘘など言って何になる。八年前ここを通った時には、柵の残骸があっただけじゃ。それに……」

「――それに？」

「六年前にこの辺りを通った筈のビットのやつも、何も言うておらんかった。こんなものがあれば、あのお喋りが黙っておる筈が無かろうが」

「そうよね……」

呆然《ぼうぜん》と立ち竦《すく》む二人であったが、若い分だけ精神が柔軟なのか強靱なのか、ドナが最初に立ち直った。そしてそれと同時に、今自分たちがいる草原の様子が普通でない事にも気が付いた。

ただの草地とばかり思っていたが、生えているものの多くが救荒食として知られているものである。毒草もいくらか混じっているようだが、その反面で歴《れっき》とした作物も混生している。逆に、正真正銘役立たないものはほとんど無い。

何よりも、この草地と周囲の藪との間には明確な境界が存在している。

「お祖父ちゃん……ここって……」

その頃には祖父であるオーデルも、この草地の異常性に気付いていた。こういう植生には心当たりがある。畑の近くの空き地や草地で、救荒作物を植えている場所が、ちょうどこんな感じになっている……。

「……畑の周りの草地に感じが似とる。という事は……」

近くに畑があるのだろう。恐らくは、あの頑丈な石塀の向こう側に。

だが……これほどの石塀を造り上げるとなると、あの向こうには一体何人の村人が住んでいるのか。それにしては物音一つ聞こえないのも、不審を通り越して不気味である。

（「……ドナ、村へ戻るぞ。村の皆にこの事を伝えにゃならん」）

（「うん、お祖父ちゃん。静かに、だよね」）

（「そうじゃ。ここに住んでおる者がどういう了見の持ち主か判らんでな」）

「砦《とりで》」――あれはもはや廃村などではない――の住人に気付かれぬようにと、足音を忍ばせて回れ右……しようとした二人の前で、石塀の扉が音を立てて開いた。

＊＊＊

（わぁ……お客さん……かな？　かれこれ五年ぶりの人間だ）

二人が「村」――ユーリ一人しか住んでいない廃村を村と言っていいのかは微妙であるが――に近づいた時点で、ユーリはそれを「察知」していた。いや、実際にはそれ以前に、馴染みの小鳥たちが教えてくれたのであるが。

（やっぱり……あの村の人たちかな？　……エンド村だっけ？）

先人が残した地図――板に描かれたもの――にエンド村のことが載っていたので、ユーリも村の所在だけは知っていた。転移した当初などは、冬越しが無理ならそこを頼ろうと考えていたほどである。しかし、自力で何とか冬越しができて、それ以降もどうにか生活できるとなると、村を訪れるという選択肢は、元々人付き合いの得意ではないユーリの心の片隅へと追い遣られていったのである。……と言うか、実際にはほとんど忘れていた。

とは言え、こうして二人の人間がここへやって来たのを見て、さてはエンド村の住人かと思い出す程度には、記憶の隅に留めていたらしい。

（……どうしよう。このまま黙って帰すと……キャスティングボートを相手に握られる事になるよね。……それは悪手かなぁ……）

斯《か》くいう思案と打算の下に、ユーリは二人の人間と接触を持つ事を決断した。

去来笑有理《いさらいゆうり》――改め、ユーリ・サライ。当年とって十二歳。

彼がこの廃村に転生してから、既に五年の歳月が経っていた。

3. 対面と招待

音を立てて石壁の扉が開いた時、祖父と孫娘の脳裏に閃《ひらめ》いた想いは一つであった。

――逃げ遅れた！

しかし、そんな二人の後悔と怯《おび》えを他所に扉は開き……

「……子ども……？」

訝《いぶか》しげな二人の前に現れたのは、どう見ても十歳かそこらにしか見えない子どもが一人だけ。

その子どもは黙って塀の外へ進み出ると、徐《おもむろ》に二人の方を向いた。誰か、何用か――と誰何《すいか》するように。


「え、えぇっと……」

口を開いてはみたものの、こういう場合に何と言ったら良いものか判らない。大人びているとは言っても、ドナとてまだ十四歳の少女に過ぎないのだ。人生経験が不足している。

ちらりと傍《かたわ》らの祖父に目を遣《や》るが、こちらも黙《だん》まりを決め込んだまま。これ幸いと孫娘に交渉を丸投げする気らしい。……ということはつまり、祖父にも良い知恵が浮かばないということだろう。

諦めて再び少年の方に目を向ける。年格好から見て十歳ぐらいか、それをいくらも越えてはいまい。粗末ではあるが清潔そうな衣服を纏い、腰には剣鉈のようなものを帯《お》びている。

それにしても――と、ドナは思う。なぜ他の大人は姿を現そうとしないのか。声も気配も無いところをみると出かけているのか？　いや、しかしそれでも全員が留守ということはありえまい。こんな子ども一人に全てを押し付ける気なのか。だとしたら、なんでそんな事を……

と、そんな事に考えが至った――現実逃避とも言う――ところで、目の前の少年が口を開いた。

「……エンド村から来られた方ですか？」

後から考えれば別に不思議は無いのだが、この時は少年が喋ったという事に驚愕して、二人はただただ頷《うなず》く事しかできなかった。首振り人形のようにカクカクと。ものも言わずにただそれだけを。

その様子が余程おかしかったのか、少年はふと視線を和《なご》ませる。

「ともかく中へお入りください」

＊＊＊

頑丈そうな、それも今までに見た事が無いような――これは祖父であるオーデルも同じ――石壁に驚いていた二人であったが、中へ入って再び驚く――あるいは訝しむ――事になった。

まず、村――とりあえず村でいいだろう――の中が実に整然としている。自分たちの村がそうであるように、大抵の村であれば路の片隅や軒先などに、何やかやと積み上げられたり放置されたりしているものだ。家畜の新鮮な「落とし物」が残っている事も珍しくない。なのに、ここにはそういうものが一切無い。生活臭に乏しいと言えば良いだろうか。

おかしいと言えば、立ち並ぶ家々もそうである。ざっと数えて三十軒以上の家があるようだが、どれもこれも妙に古びている。祖父《オーデル》が言うには、八年前にここを通った時には、あの石壁は無かったそうだ。立ち腐れた木の柵、あるいはその残骸が並んでいただけだという。また、六年前にこの辺りを通った筈の村人も、何の異変も報告していない。

それが事実であれば——嘘だと疑う理由は無い——この村の家はできてから、或いは再建されてから精々五年くらいの筈。なのにとてもそうは見えない。前からあった家を修理して再利用……という事も考えられるが問題は、目に見える家々がどれもこれも古びたままで、補修された様子が無い事である……井戸の近くの数軒を除いては。

その反面で、畑の方はかなりきっちりと手入れが為《な》されている。二人はこれでも農民である。畑の事についてはそれなりに詳しい。その二人の目から見ても、畑の作物は自分たちの村に負けないくらいに……いや、はっきりと言ってしまえば、自分たちの畑以上に良好に手入れがされている。

——という事は、ここには少なくともそれだけの——エンド村と同じくらいの——働き手がいる筈だ。……なぜか一人の姿も見ていないが。

「ね、ねぇ君、他の人たちはどうしたの？」

好奇心に堪えかねたようにドナが訊《たず》ねたが、振り向いた少年の答は驚愕すべきものであった。

「いません」

「――――え？・」

「ここに住んでいるのは僕一人です」

正確には精霊が一体いるのだが、あれは人外だから員数外《ノーカウント》。そもそも当人に姿を現す気が無いし。

4．告白と覚悟

――この「村」には自分一人しか住んでいない。

この事実を明かす事には、ユーリとしても躊躇《ためら》いはあった。

ボッチ生活を満喫していたユーリではあったが、万一他の人間と出会ったらどう振る舞うべきか、その対策については色々と検討を重ねていたのである。

まず最初に考えるべきは、どこまでの情報を開示するかであり、開示しなかった情報についてのカバーストーリーを用意する事だ。生前読み耽《ふけ》ったラノベなどから、ステータスやスキルについては秘匿して――あるいは偽装して――おいた方が良いだろうと判断している。幸いにしてユーリのユニークスキル【ステータスボード】には、ステータスの隠蔽《いんぺい》や偽装の機能もある。これを使えば問題は無いだろうが……一から十まで秘匿してしまうと、今度は表立ってスキルを使えないという不都合が生じる。また、何のスキルも持たない子どもが今まで一人暮らしを続けてきたというのも、これはこれで説得力に欠ける気がする。

色々なあれこれを考えると、土魔法と水魔法の保有くらいはカミングアウトしても問題はあるまい……レベルについては別途考える必要もあろうが。

――問題は【鑑定】と【収納】である。

【鑑定】自体は保有している者も珍しくはないそうだが、日本からの転生者であるユーリの【鑑定】は、この世界の住人のそれとは違っている可能性があるという。なら、これについても秘匿しておくか……もしくはレベルをずっと下に偽っておく方が良いだろう。

これに付随して、目の前の相手を【鑑定】するかどうかという問題もある。【鑑定】すれば情報が増えるのは間違いない――そうしていれば、ユーリも自分のステータスが破格である事に気付いた筈――が、問題は【鑑定】された事に相手が気付いた場合である。この場合はユーリが【鑑定】持ちだという事がバレるだけでなく、下手をすると相手の心証を悪くする。相手も【鑑定】持ちだったりしたら最悪だろう。少なくともこの国で【鑑定】という行為がどう思われているのかを確認しないと、迂闊な真似はできない……というのがユーリの判断であった。

残る問題は【収納】であるが、これを隠すとなると、先々色々と不便な事になるような気がする。頭の痛い問題であったが、少し前に村落跡で見つけたマジックバッグが解決策をもたらしてくれた。そう、全てはマジックバッグのお蔭とすればいいのである。恐らくは高価な魔道具であろうから、妄《みだ》りに見せびらかすのを控えたとしてもおかしくない。露見した場合の説明と、それ以上に黙っていた事の理由ができたのは重要である。

斯《か》くのごとく、情報の開示については一応の方針が立ったのだが、他にも問題は残っている。

――例えば、他所《よそ》の人間と出会った後、自分はどうするべきか。

そのままここで一人暮らしを続けるのか。ここを去って村なり町なりに出て行くのか。それとも……ここへ新たな住人を迎え入れるのか。

最後の選択肢については更に、他所の人間がこの村を乗っ取ろうとした場合の事まで考えなくてはなるまい。折角ここまでにした村を、むざと他人に明け渡すような真似はしたくない。であれば、・・・・・・実力での排除も考えておく必要がある。……最悪、村人を皆殺しにしてでも……？

――などと目の前の少年が物騒な覚悟を決めているとは夢にも思わず、祖父と孫娘の二人はユーリの台詞に素直に仰天していた。

この広い「村」に唯一人？　たった一人でこれだけの畑を維持している？　いや、それよりも、ただ一人だけで、こんな「魔境」で生き延びている……？

エンド村から歩いて四時間余り、ここは既に魔獣が跳梁跋扈《ちょうりょうばっこ》する領域である。幸いにして魔獣たちは山から離れるのを嫌うため、エンド村が魔獣の襲撃により壊滅――などという憂き目には遭っていないが、それでもエンド村は辺境最前線と言ってよい立地である。

なのに、ほとんど山の中と言っていいようなこんな場所に、子どもが一人で住んでいる？　自分たちなら頼まれても住みたくないこんな場所に？　一体、どんな事情があったのか？

愕然《がくぜん》としている二人を尻目に、ユーリはさっさと自分の住居に歩いて行く。半ばフラフラとその後に続く二人は、またしても頑丈な石壁に囲まれた場所に辿《たど》り着《つ》く事になった。

「……これは……？」

「あ、ここが僕の家です。……あぁ、この塀ですか？　最初の頃は村全体を囲う事なんかできなかったので、手始めに家の周りだけを塀で囲ったんです。何かと物騒でしたから」

この辺りが物騒な事にはオーデル老人も異論は無いが……そもそも普通は、いくら自宅の周りだけとはいえ、こうまで頑丈な塀で囲ったりはしない……いや、待て、この少年は今何と言った？

〝ここには自分一人しか住んでいない〟＋〝村の周りを塀で囲った〟

ここから導き出される解答は……

「……この塀は……村の周りの塀も……君が作った……のかね……？」

「そうですけど、それが何か？」

――自分の能力はこの界隈《かいわい》の最底辺――

相変わらず盛大な誤解を引き摺っているユーリにとって、この程度は普通の土魔法使いならできて当たり前……の筈であった。

今日というこの日、その誤解を正す者が、ついにユーリの前に現れたのである。

5. 齟齬《そご》と困惑

勘違い気味のユーリのカミングアウトに何か言いかけたオーデル老人であったが、その出端《でばな》を挫《くじ》くようなタイミングでユーリが塀の扉を開けて、二人を中に誘《いざな》った。なので二人もそれ以上何も言えず、ひとまず追及の手を緩める事にする。異常さ丸出しの塀に囲まれた家の方はと言えば、案に相違してごく普通の――大きい事は大きいのだが――民家のように見えた……家の中に入るまでは。

「「……え？」」

扉を潜《くぐ》ると十五畳……ざっと二十五平方メートルほどの土間になっており、右手の端には流し台と竈《かまど》が設《しつら》えてある。ここが台所であるらしいのはまぁいいとして……問題はその奥であった。土間に接する残りの部屋は、いずれも高床になっている。

戸惑《とまど》う二人に少年が告げる。自分の故郷の風習なので、家の中――高床部分の事らしい――に上がる時には履き物を脱いでくれと。そう言いつつ、水を入れた桶と雑巾を二人の前に置いた。足を拭《ぬぐ》って上がれという事なのだろう。

初めて尽くしの様式に戸惑いながらも、二人は言われたとおりに履き物を脱いで、雑巾で足を拭ってから部屋に上がる。屋内は塵《ちり》一つ無く清掃が行き届いているようで、石造りの床には毛皮が敷いてあり、素足でも不快な感じはしない。

台所から続く十二畳——ざっと二十平方メートルほど——の区画は食事のための部屋らしく、石造りのテーブルと椅子《いす》が置いてある。少年はそこに二人を誘うと、席に着いて待っているように告げた。少年はそのまま台所に舞い戻ると、片隅の水甕《みずがめ》から水差しに水を汲んで戻って来た。やはり石造りらしいコップ——少し重い——に水を注いで手渡す。そろそろ日中は汗ばむ季節。冷たい水は何よりの馳走である。

「それで……お二人は何をしにこちらへ？　……あ、申し遅れました。僕は目下この村の唯一の住人で、ユーリといいます」

礼儀正しく名告《なの》られて、二人も慌てて自己紹介をする。自分たちの名前と、エンド村の住人である事、そして、この辺りに足を伸ばした理由を。

「……え？　下では食料が不足気味なんですか？」

初耳ですと言わんばかりの態度に、二人は改めて不審の念を強くする。自分たちの村でさえ食糧の余裕はそれほど無いというのに、子どもが一人でやっている村で不足が無いとはどういう事か。

「そう言われても……元々それなりに広かった畑で、現状は僕一人しか食べてないですから」

いや、子どもが一人でこの面積の畑を維持しているのがそもそもおかしいだろ……などという突っ込みはひとまず措《お》いて、オーデル老人は肝心な事を質問する。

「すると……食糧の蓄えは充分にある、そういう事かね？」

「充分に――と言えるほどではありませんが……まぁ、それなりには」

生来ユーリは用心深い……と言うか心配性で、目の前に石橋があったら執拗《しつよう》に叩き続ける習性を持っている。それこそ、終いには叩く事に熱中するあまり、石橋を叩き壊して目標を達成したような気になるくらいに。

そんな性格のユーリであるから、農作業一つとっても、自分一人が食べる分を賄《まかな》えさえすれば充分――などという判断は間違ってもしない。万一に備えて備蓄を確保できるだけの生産量を目標にする。そしてその作付面積は、ユーリの成長と共に年々増えていくのである……ユーリ一人で対応できる限界まで。

転生から五年を経た現在、ユーリの手元には本人基準でそこそこの――換言すれば、ユーリが優に二年以上食べて暮らせるだけの――食糧が備蓄されていた。

ただし、その内訳は世間一般の農家とはかなり違っており……

「それは小麦かね？　それともライ麦とか？」

「あ、いえ。勿論小麦もありますが、種類としては色々ですね」

「色々？」

不審そうな声を上げたドナに、ユーリは備蓄食糧の内容を説明していく。小麦・裸麦・ソバ・芋・豆・栗・胡桃《くるみ》・干し野菜・干し肉……それに、

「……澱粉《でんぷん》……って、何？」

「なんと言えばいいのかな……要するに、シカやダグの実だとかリコラの根だとかを潰して、水に晒《さら》した粉ですよ」

「「……え⁉」」

二人の基準からすれば、そういうものは食料とは言わない。毒だのアクだのエグ味だのがあって、まともに食べられる代物ではない筈だ。

「いえ？　水で晒してアクや毒を抜けば、普通に食べられますよ？」

なおも疑い深そうな二人に、論より証拠とリコラの澱粉で作った団子を出すユーリ。水で冷やした団子に薄めたメープルシロップをかけた、日本風に言えば白玉団子というやつである。

おっかなびっくり怖々と口に運んだ二人の目が見開かれ、あっという間に皿は空になった。

「これがリコラの根なのかね⁉」

「上にかかってたのは木蜜じゃない！　ユーリ君、一体どこでこんなもの……？」

「はい？　作るのは確かに手間ですけど……」

「「作る⁉」」

「えぇ……あの……どうかしましたか？」

なぜか事毎《ことごと》に彼我の認識が食い違っているようだと、遅蒔《おそま》きながら気付き始めたユーリであった。

6. 山人と村人

「……すると皆さんは、山野の産物を利用される事はあまり無いということですか？」

「あまりと言うよりほとんどないのう。山には魔獣が出て危険じゃしな。……ユーリ君は気にしておらんようじゃが」

「いえ、僕だって強い魔物に出会したら、こっそり隠れてやり過ごしますよ？　偶々《たまたま》弱いのに出会《でくわ》した時に、不意討ちで狩る事があるくらいです」

「なるほどのぅ……」

そういう事なら話は解る……と相槌《あいづち》を打とうとしたところで、孫娘《ドナ》がそっと脇腹を突《つつ》いているのに気が付いた。視線を向けると、爪先で床に敷いてある毛皮を指《さ》している。……大きめの食卓の下に敷かれている、食卓――椅子含む――よりも二回り以上大きめの毛皮を。

「……この……下に敷かれておる……毛皮じゃが……」

「あぁ、それですか。図体ばかり大きなイノシシでしたね。まともに襲われたら危険でしょうけど、気配を殺して不意を衝けば、然《さ》して苦労はしませんよね？」

同意を得ようとするかのように上目遣《うわめづか》いで訊いてくるが、オーデル老人の見たところでは、その「イノシシ」とやらはスラストボアという歴《れっき》とした魔獣である。普通のイノシシの倍以上の巨体を持ち、人間と見るなり突っ込んで来るので、冒険者たちからも危険視されている。決してユーリが言うような残念魔獣ではない……筈だ。

「いえ、馬鹿みたいに突っ込むだけの脳筋ですから、気付かれさえしなければ大丈夫ですよ？」

――と、言われても……。

「そもそもスラストボアみたいな魔獣に気付かれないというのが、まずありえない……って思うんだけど？」

「その辺はコツですね」

「コツ……のぅ……」

どうやら互いの認識に、大きな隔たりがあるようだ。両者それには薄々気付いたものの、互いに自分の認識が正当だと思い込んでいるから、歩み寄る事は一切ない。それに、ユーリのいう事もあながち間違いではない。ユーリの【隠身】スキルが並外れて高いだけである。

「……まぁ、魔獣の事はともかくとして、毒抜きのこともご存じなかったんですか？」

「全く知らなんだ……恐らく、村の誰一人として知らんじゃろう」


実は、ここフォア世界の住民は、押し並《おな》べて野生の食物資源に関心が薄い。これにはいくつかの要因が関係している。

第一に魔獣の存在がある。現代日本と違ってここフォア世界では、凶暴な魔獣が棲んでいる森には極力近づかないのがスタンダードである。そのため、野生の果実や堅果、根茎などが採集・利用できるのは、安全な場所に制限される。農業技術がそれなりに高い事もあって、これらの利用技術は次第に忘れ去られていったというのが真相である。

第二の理由は、第一の理由とも関連するが、アク抜きや毒抜きをしなくても食べられる種類が多い事である。そのため、態々《わざわざ》渋みのあるダグやシカの実、或《あ》るいは有毒なリコラの根を食べる必要に迫られる事がほとんど無く、結果としてアクを抜くという発想に至らなかった。

第三の理由として、交通網が未発達な事もあって、他国の文化に触れる機会もそれに対する関心も低い事が挙げられる。他所には毒抜きの技術を伝える民族もいるのだが、彼らの持つ文化や技術がこの地に伝わる機会が無い。旅行などを通じて知り得た者がいても、それはあくまで他国の奇習として話に上るだけであった。

第四に、地球の場合を例にとれば、水晒《みずさら》しの技術は照葉樹林帯で発達した技術だとされていた。ヨーロッパのような硬葉樹林帯では、あまり発達しなかった技術である。ユーリたちが住んでいるこの国も地球のヨーロッパと似た条件にあり、そもそも水晒しの技術自体が未発達であった。

これらの結果、エンド村の誰一人として毒抜きの技術を知らない――という事になるのであった。

「……けど、今回みたいな事を考えると、救荒食物として身近に植えておかれた方が……」

「リコラのぅ……確かにあれなら、畑の隅に植えておいても邪魔にはならんか……」

実際にユーリがいた日本では、ヒガンバナはそういう背景を持った植物だと考えられていた。人里付近にだけ分布するので、人為的に持ち込まれ運ばれた植物であると。鱗茎に毒があるので、動物に遺体を掘り返されないよう墓地の周りに植えたとか、飢饉の時には毒を抜いて救荒食物として利用したとか、そんな逸話が各地に残っている。

「村の近くにダグやシカの木があったら、水で晒して粉を採るのも良いんじゃないですか？　ヨッパだと根は毒抜きしなくても食べられますし、他にも色々ある筈ですよ。……毒抜きが足りないと悶《もだ》え苦しむか、最悪死んじゃいますけど」

最後の台詞で思いっ切りドン引いた二人に、真っ白になるまで晒せば大丈夫ですよと教えておく。

「にしても……ユーリ君はその歳で能く色々な事を知っておるのぅ……」

「と言われても、僕も祖父から聞いて憶えただけですし」

祖父？　一人暮らしではなかったのか？　そう言いたげな老人に、今は一人ですと答えておく。ユーリとしては、後はお察しと言いたいところである。老人も深く追及するのは遠慮してくれたが、そういう腹芸を理解しない者がいた。誰あろう十四歳のドナである。

「あ、そういえば、ユーリ君ってどこから来たの？」

それでも十四歳《こども》なりに一応気を遣ったのか、直球で祖父のことは訊いていないのであったが。

7. 過去と未来

空気の読めない孫娘の事を愧《は》じ入ったらしく、老人が詫《わ》びるような視線を向けてくるが、こんなこともあろうかと、予《あらかじ》め備えていたユーリに抜かりは無い。

軽く溜息を吐《つ》く――パフォーマンスである――と、ユーリは訥々《とつとつ》と話し始めた。五年の間考えに考え、練りに練った嘘八百《カバーストーリー》を。

「……どこから来たのかは正直憶えていません。物心付いた頃は、既に祖父と二人で旅暮らしでしたから。祖父は生きていく上で必要な事を色々教えてくれましたが、僕の身の上についてはほとんど教えてくれませんでした。大きくなったら教えてやると言うだけで。……五年ほど前にここへ流れ着いて、雨風も凌げるし畑もあるしで、ここに住み着くことに決めたんです。畑は祖父が世話していたんですが……ある日を境に祖父が帰って来なくなって……。黙って僕を捨てるような祖父じゃありませんから、出て行った先で何かあったんでしょう。けど……今より子どもだった僕には確かめる術《すべ》も無くて……」

――というのが、ユーリの考えたカバーストーリーである。都合の悪いところは全て「祖父」におっ被せて、終いにはその祖父も行方不明にしてしまう。全てを藪の中、闇の中に隠してしまう心算であった。日本ならご都合主義と非難されそうだが、この世界では通用するだろう。自分が――中身はともかく見た目は――年端《としは》もゆかない子どもである事も事実なら、山へ出向いた人間が帰って来なくなる事も、この世界では身近な事実なのだ。

「……そんな事が……」

「……ごめんなさい……」

案の定、二人は信じてくれたらしい。あまりのチョロさに申し訳無い気持ちにすらなってくる。些か暗くなった雰囲気を振り払おうとするかのように、オーデル老人が口を開く。差し支えなければ畑というのを見せてもらえないだろうか――と。

ユーリに異存のあろう筈がなかった。

＊＊＊

「ほう……これが……」

オーデル老人は感心のあまり言葉が出ないという体《てい》である。ドナも目を見開いて無言のままだ。

老人の頼みに一つ頷いて、ユーリが案内したのは自宅裏の畑である。他の場所にも畑はあるのだが、手始めとしてはここから見せるのが筋だろう。

二人が目を奪われたのは、畑の手入れが――ユーリ一人でやっているとは思えないほどに――行き届いているのも然《さ》る事ながら、何よりも土の様子であった。黒々として軟らかいそれは、エンド村では望んでも得られないような良質の土であった。

――これにはいくつかの理由がある。

まず第一に、ユーリは事《こと》ある毎《ごと》に畑に堆肥をすき込んでいた。最初のうちは山野から腐葉土を運び込んでいたのだが、後になると引き抜いた雑草雑木は勿論、生ゴミや下肥、果ては魔獣の不要部分など、栄養になりそうなものは片っ端から土魔法で【堆肥化】していったのである。この【堆肥化】は醗酵を擬似的に再現したものらしく、その過程でかなりの熱を発した。原料に含まれていたかもしれない寄生虫や害虫の卵などは、発熱によって死滅した筈である。まぁ、ユーリは念のために、光魔法で殺菌消毒のような真似も試みていたが。

ともあれそうしてできた堆肥を、収穫後に土にすき込んでいるのだ。骨粉のようなものまで混ぜ込んでいるので、栄養分は満点である。作物によって栄養要求性が異なるので、施肥量はその都度変えているが。

第二に、連作障害を避けるために、ユーリは植え付けている作物を毎年のように替えていたが、そのサイクルの中に必ずソヤ豆を……言い換えれば窒素固定のできるマメ科作物を加えていた。そうやって土が疲弊するのを避けていたのである。

土作りについてはこれくらいであるが、ユーリはこの他にも――生前に得た知識を存分に駆使して――様々な工夫を試みていた。

第一に、日本で生きていた頃に自然農法や有機農法の本を読んだ事のあるユーリは、一部の畑では収穫後の野菜や穀物は枯れるに任せ、堆肥もすき込むのではなく上から追加する形の不耕起栽培を試みていた。植え付ける作物は毎年替えているが、植え付けの際にも耕す事はせずに、単に穴を開けて種なり苗なりを植え付けるだけである。自然に近い土壌環境が保たれた畑では、害虫の天敵を含めた生物相が豊かに育《はぐく》まれ、害虫の発生を低いレベル――ゼロではない――に抑えていた。

第二に、広い意味ではこれも有機農法の一つになるのだろうが、コンパニオン・プランツというものがある。近くに植えると互いに成長が良くなるという植物の事を指す。本で読んだだけだが、確かトマトやジャガイモとマリーゴールドとか、ニンジンとカブとかがそうだった筈だ。ユーリとて全てを憶えているわけではないが、どのみちこちらは地球とは違う異世界なのだ。ここは前世の記憶より、【鑑定】先生と【田舎暮らし指南】師匠のお知恵をお借りした方が良い。そう割り切って調べたところ、確かにそれらしき組み合わせがいくつか載っていたので、利用可能なものを早速取り入れている。本格的な対照実験はしていないが、確かに病虫害が少ないような気はしている。

第三に、畑の周囲に害虫の天敵を誘致するような環境を形成しておいた。天敵昆虫の住処《すみか》や隠れ家となりそうな植生を維持したり、食虫性の小鳥たちの巣箱や止まり木を設置するなどである。前者など、何も知らない者の目からすれば藪があるだけにしか見えないだろうし、後者の巣箱にも首を傾《かし》げるかもしれない。しかし、実はユーリは【言語（究）】によって小鳥たちの意見――巣箱のデザインや立地条件など――を聞いた上で、それらを作製し設置していた。

ただ、チートじみた【言語（究）】にも限界はあるようで、昆虫たちとの意思疎通は上手くいかなかった。尤も、一軒の空き家の軒下にスズメバチのような種類が営巣したのを、害虫の捕食を期待したユーリは何もせずに放って置いた。爾来《じらい》スズメバチとユーリとの間には、好意的な無関心とでも呼べそうな関係が成立しており、平和裡《へいわり》に共存を続けている。

最後に、これはあまり大っぴらにはできないが、ユーリは小鳥やネズミたちとの間に密約を結んでいる。畑の作物を食害しない代わりに、村の外の草地で彼らがリクエストした種類を積極的に増やしたり、隠れ家や水場を作ってやる、冬には適宜餌を供給する――などの便宜を図っているのだ。


そんなあれこれが実を結び、ユーリの畑は二人が瞠目《どうもく》する水準に達していた。

「これだけの畑なら鳥や獣も目を付けそうじゃが……その辺はどうしておるのかね？」

当然のごとく老人が質問を投げかけるが、鳥やネズミと密約を結んでいるから大丈夫です……などとは言えないユーリは、代わりに以前畑に侵入してきた害獣の事を説明してお茶を濁す。

「そうですね。囲いができあがるまでは、野良犬とかイノシシとかが能《よ》くやって来て、苦労させられました」

「……イノシシはともかく……野良犬……？」

「えぇ。五頭から十頭くらいの群れでやって来るんです。割と大っきくて、動きも素早いんで、水鉄砲で追い払うのも骨でしたね」

……こんな山奥に野良犬がいるというのもおかしな話だが……水鉄砲で追い払われる程度だというなら、やはり野良犬なのか？　密かに懸念しているウルヴァックであれば、水鉄砲ごときで追い払われるような事はないだろう。だとすると、これは夜の事か何かで、大きいと言うのも過大に見誤ったと考えたが良いか？

些《いささ》か疑問はあるものの、そう得心しかけたオーデル老人であったが、傍らの孫娘はそう簡単には納得しなかった。

「待って、ユーリ君。……大きいって……どのくらい？」

「えぇと、大体……そうですね、頭から尻尾《しっぽ》の付け根まで一メートル……いえ、一メットくらいでしょうか。一メット半はなかったと思います」

つい前世の記憶に引き摺られて〝メートル〟と言いそうになったのを、然《さ》り気無《げな》く〝メット〟と言い直したが……それは、〝割と大きい〟で済ませられるレベルなのか？

「一メット半……」

「いえ、だから、そこまで大きくはなかったですから」

「尻尾の付け根まで一メットもあれば、犬としては破格に大きいわよ……」

そのサイズの「犬型」生物で群れを成すというのなら、二人にも心当たりがある。

「それって……ウルヴァックっていう魔獣じゃないの？　群れると騎士団でも危ないっていう」

「そうなんですか？　けど、水鉄砲で逃げて行きましたよ？」

「「う～ん……？」」

そうすると、やはり体長を見誤るか何かしたのだろうか、と考え込む二人。

ちなみに、ユーリは斃《たお》した個体の長さを目測した結果を話しているので、見誤りという事はない。誤解を招いたのは、ユーリの説明がいい加減……と言うか、詳しい説明を端折《はしょ》ったためである。

ユーリは水鉄砲と言っているが、実は【アクアランス】という中級の水魔法であって、籠める魔力次第で岩にでも穴を穿《うが》つ事ができる。この時もただ逃げたのではなく、六頭ほどが斃された後で、残りが命からがら逃げ出したというのが正しい。

「……イノシシというのは？」

「あ、何回か来ました。大きさとか色とかはまちまちでしたけど、その一頭がこれですね」

——と、畑の案内を終えて部屋に戻って来たユーリが、足下《あしもと》の毛皮を指《さ》して事も無げに言ってのける。ざっと見たところ体長は——頭の部分を除いて——軽く二メートルを超えている。

「そんな怪物をどうやって……」

「あぁ。落とし穴に落としてやればいいんですよ。前脚だけでも落としてやれば、動けなくなったところを狩るのは簡単ですから」

納得できるような、納得しづらいような、何とも判断に困る答えが返ってきた。

「落とし穴って……そう簡単に掘れるもんじゃないわよね……？」

「あの石塀といい……ユーリ君はひょっとして……」

「あ、土魔法と水魔法を少しだけ使えます」

——ここまではカミングアウトして大丈夫だろう。と言うか、土魔法の事を言わないと、却って石塀の説明に困る。なら、ついでに水魔法の事も話しておいて問題ないだろう。確かこの世界、複数の属性持ちは珍しくない筈だ……

ユーリは自分の持つ魔法のうち、土魔法と水魔法についてだけ明かす事にしていた。さすがに全属性持ちである事は伏せておいた方が良いくらいの見当は付くが、二つ程度なら然《さ》したる問題にはならないだろうとの判断である。

二つの魔法を使えるというだけなら、なるほどユーリの判断もあながち間違いではない。ただ、ウルヴァックの群れを撃退するほどの水魔法に、村一つを石塀で囲うほどの土魔法となると……

「……あの石塀じゃが……造るのには時間がかかったのかね？」

「それは勿論。一朝一夕にできるようなものじゃありませんから」

その隙にイノシシとかが入り込んだんですよ――と説明されて、なるほどなぁと納得する二人。

ただ……この時両者がイメージしている「建設期間」には、実は大きな隔たりがあった。

二人の方は――あれほどの石塀だ、建造にかかった時間は一ヵ月や二ヵ月ではあるまいと考えていた。農作業の合間に子どもが一人で造ったのだ。年単位の時間がかかっていてもおかしくない。

対するユーリはと言えば――自宅の周りの石塀がほぼ一瞬でできあがったのに較べての、〝時間がかかった〟発言である。実際の所要時間は、最初のうちはユーリが魔力を使い切らないように用心していた事もあって、十日ほどであった。

斯《か》くの如《ごと》く両者の認識には大きな隔たりがあったものの、互いにそれに気付かぬままに会話が進んでいく。知らぬが仏である。

「なるほどのう。それだけの魔法が使えるのであれば、こんなところで一人暮らしできておるのも納得というもんじゃ」

老人の〝こんなところ〟発言におやと思ったユーリが問い質《ただ》してみたところ、ユーリが住んでいる廃村の辺りは、魔獣の跳梁《ちょうりょう》が厳しくて、普通の村人には到底住めない場所なのだという。

「えっと……僕以前にも、ここに住んでた人たちがいたんですけど……」

「よくもまぁあんな場所に住んでおるもんじゃと、儂らは呆れておったのじゃよ」

「正気の沙汰じゃないわよね」

……どうやら、この村を乗っ取られる可能性については、考えなくてもよさそうだ。そう思っていたところ、オーデル老人がやや躊躇《ためら》いがちに口を開く。

「それで、ユーリ君、ものは相談なんじゃが……」

「はい？」

何を言い出すのかと、やや警戒がちのユーリに向かって老人が言うことには……

「……食糧の売却……ですか？」

「うむ。前にも言ったとおり、町の方では食糧が不足しておってな。儂らの村にも、遠からず商人が収穫物の買い付けに来る筈じゃ。ただ……儂らにしてもそう際限無く収穫を売り払うわけにもいかん。現に今、食べる物が不足しがちで、こうして山のものを採りに来ておるくらいじゃからな」

「それで、僕が貯えている分を放出できないか――という事ですか？」

「そうじゃ。見せてもらった限りでは、君一人では食べ切れんだけの収穫があるのじゃろう？　かなりな分量が貯えられておるのではないかね？」

「まぁ……そこそこには……」

ユーリは席を立つと、平素食べている裸麦やソバ、大豆を少し持ち出して見せた。

「うむ、思った通り品質も上々……これは何かね？」

「え？　大豆……ソヤ豆ですけど？」

「ソヤ豆？」

「え？」

「「え？」」

驚いた事に、二人は大豆――この世界ではソヤ豆――の事を知らなかった。

「先ほどお見せした畑にも植わっていた筈ですけど？」

そう言って説明したところ、予想外の答えが返ってきた。

「おぉ……あれかね。いや、ついうっかりと聞き忘れておった。なんで食えもせんものを植えとるのかと思っておったが……やはりこれも毒抜きして食べるのかね？」

「は？　……まぁ、毒抜きと言えば毒抜きですけど……」

地球世界の大豆に相当するソヤ豆には、苦み成分であるサポニンや、消化を阻害する蛋白質――これは他の多くの豆も同様――が含まれているため、生食はできない。と言うか、生で食べると腹を壊す。そのため加熱調理して、有毒蛋白質を熱で破壊してやる必要があるのだが、村人たちはそれを知らずに生で試食して腹を壊した。以来栽培してはいないのだという。

実を言えば、この国でも一部ではソヤ豆が栽培されており、少ないながら市場にも流通している。ただしそれらは乾燥状態の豆として流通し、食べる時には水で戻して加熱するので、毒成分の存在には気付かないのであった。エンド村にもそうしたソヤ豆を食べた事のある者はいたが、乾燥後の豆しか見た事がなかったため、同じものだとは気付かなかったらしい。

「……そういう事であったのかね……」

「植えておくだけでも畑の土を肥やしてくれますし、畑作には必須ですよ？」

豆科植物が窒素固定を行なう事も知らないようであったが、実はこれにも理由がある。

そもそもこの国では豆科の作物自体が多くない上に、栽培されている豆にも普通に肥料を与えていたので、窒素固定の効果が表に出てこなかったという事情がある。荒れ地に豆科植物が生える事も知ってはいたが、それらは単に雑草として扱われていた。そういった次第で、オーデル老人たちは豆類の実力を知らないのであった。

そんなオーデル老人に、ユーリは今年蒔《ま》いた残りの豆を取り出して渡す。普段食べているのはやや時間が経った貯蔵品なので。

「蒔く時期は少し過ぎてますけど、まだ大丈夫でしょう」

「……戴いていいのかね？」

「ええ。熟す前の青い豆も食べられますけど、くれぐれも生では食べないようにしてください」

「それは身に沁《し》みて解っておるとも」

ありがたそうに豆を仕舞い込むオーデル老人であったが、やがて話の本筋を思い出したらしい。

「……それでじゃ、ユーリ君の作物は、正直儂らの作物よりも質が良い。なのに同じ値段で商人に売るのは、これは馬鹿らしいというもんじゃ。商人に交渉して、町へ連れて行ってもらってはどうかと思うんじゃよ。この品質なら町で売った方が良いからの。何、商人には手数料代わりに一部の作物を安く売ってやればいい。人手が必要なら何とか引っ張って来るからの」

「あ、いえ。運搬は何とかなりますけど……」


……これはさて、どうしたものか……

ユーリとてこの村を出て行く選択肢を考えなかったわけではない。ただしそれは比較的早い時期の事で、農地経営が軌道に乗ってからは、そういう考えはついぞ頭に浮かばなかった。折角ここまで育てた農園である。何が悲しくて捨てて行くような真似ができようか。

それに、ここを出るとした場合も、想定していた先はエンド村であって町ではなかった。コミュ障とまではいかないにせよ、人付き合いはあまり得意な方ではない。生き馬の目を抜くような都会へいきなり行っても、上手くやっていけるとは思えなかった。

腕を組んで考え込んでいるユーリを見て、オーデル老人が声をかける。

「商人の為人《ひととなり》の事なら心配は要らんよ？　それなりに抜け目のないやつではあるが、人を騙《だま》してまで金儲けをしようとはせんやつじゃ。利道がどうこうとか言うておるがの」

「アドンさんなら大丈夫よ。古くからの付き合いで気心も知れてるし」

二人の言葉に後押しされる形で、ユーリも決断する。

思いがけず五年もの間一人で引き籠もる形になったが、この世界で生きていこうとするなら、少しは世間の事も知る必要があるだろう。

それに、街へ出て行くとは言っても、別段村を捨てるわけではない。農閑期に少し村を空ける程度なら、或いは冬の一時期を外で過ごす程度なら、さほどの問題は生じないのではないか……？

「……解りました。畑の収穫が終わってからでいいのなら」

「おぉ、それは大丈夫じゃよ。アドンのやつが来るのは麦の収穫が終わってから……八月の終わり頃になる筈じゃ。それで構わんかの？」

「大丈夫、と言いたいところですが……暦《こよみ》が無いので……」

そうユーリが告白すると、二人はしまったという顔をした。

「えっとね……今日は七月の七日で、七月は三十一日あるの。それで八月も三十一日あって……」

少し辿々《たどたど》しく、しかし懸命にドナが説明してくれたところでは、この世界で用いられている暦は、ユーリが生前使用していたのと同じグレゴリオ暦のようだった。ユーリも転生直前の日付を基に自分なりの暦を作成していたのだが、それは間違っていなかった事になる。

（そういえば今日は七夕《たなばた》か……もうすぐマオの収穫だし、機織りの上達でも祈っておくかな……）

七夕は棚機《たなばた》とも書き、日本ではこの日に願を掛けると技芸が上達するという信仰があった。ただし……それは女性の場合なのだが、ユーリはころりとその点を忘れていた。……まぁ、ここは異世界だし、信仰の形も違うだろうが。

商人の来訪が近づくと報せてくれるらしいので、それを目安に予定を立てればいいだろう。

8．出る者と残る者

『――という事になったんだけど、マーシャはどうする？』

収穫を終えた頃合いで一度町に出ることを決めたユーリであるが、気懸かりなのはマーシャの去就である。そこまで長く留守にする気はないが、それでも一週間や十日で帰って来られるとは思えない。その間マーシャはどうするのか。一緒に行くという選択肢もあるのだが……

『町へ行くなんて御免だわ。あたしは残るわよ』

『え？　居残り？』

マーシャにその旨を訊ねてみたところ、廃村に残るという答が返って来た。

『うん。どうせ年内には帰って来るんでしょ？』

『それはそのつもりだけど……』

シティ派を自称するマーシャであれば、ユーリに同行して町へ行くのではないかと思っていただけに、マーシャの答はユーリには意外であった。行き先の町は結構大きいそうだし、酒の品揃えもそれなりだと思うのだが……？

『だって――人間ってば、あたしたちを害虫扱いするのよ？』

……酒の害虫扱いされるのが心外らしい。

なので町は無論の事、エンド村を訪れるのも辞退するという。

『いや、害虫扱いって……お酒の精霊って、酒造りを手助けしてくれるんじゃないの？』

仮にも酒の精霊を名告《なの》って酒造りの手伝いをしてくれるのだから、人間たちにはありがたがられる存在ではないのか？　神棚設けて祀《まつ》られる――とまではいかなくとも、それなりの敬意を以て手厚く遇《ぐう》されているものとばかり思っていたのだが……

『あら、あたしたちは自分で飲みたいから手を貸すだけよ』

……実際には少し違っていたようだ。

酒精霊たちはそれほど人間に重きを置いておらず、寧《むし》ろ酒を生み出すための道具、良く言って働き蜂のようなものと見ている節がある。

『や～ねぇ。そこまで強欲じゃないわよ、あたしたちは』

ちゃんと人間の取り分は残してあると言うのだが、

『……酒精霊《マーシャたち》が見える人間って、多くはないんだよね？』

『うん？　そうみたいね』

……つまり、酒精霊の存在や働きを感じとれない人間にとっては、〃折角美味く出来上がった酒をピンハネする害虫〟としか思えないというわけだ。そりゃ、追い払おうとする者が出て来る道理である。マーシャが前いた酒蔵の主は、ちゃんとマーシャの事を認めていたというから、精霊視の能力を備えていたのだろう。ひょっとして代替わりした二代目は、精霊視の能力を欠いていたのかもしれない。

そういった考察はともかくとして、

『まぁとにかくそんなわけで、お供するのはご遠慮するわ』

『けど――そしたら留守中はどうするのさ？』

酒の精霊であるマーシャにとっては、〃人の手によって造られた薬効を持つ飲み物〃が生きるための糧《かて》である。

この五年というもの試行錯誤を重ねてはきたが、生憎《あいにく》と美味い酒と言えるものは未だに造り出せていない。……いや、仄《ほの》かに酒っぽいものであるとかハーブティであるとか、或いは味の佳《よ》いポーションであるとかの製造には成功しているのだが。

ともあれマーシャは、そういう飲料が無くては生きていけない筈だ。しかし、度数の高い酒ならいざ知らず、ポーションやハーブティの類は、開封したまま放置すると日を置かず劣化してしまう。故に密封して保管するしかないのだが……

『ポーションの蓋、マーシャ一人で開けられる？』

『ちょっと難しいわね』

ならば代替策として、

『じゃあハーブティは？　マーシャ一人で淹《い》れられる？』

『こっちもちょっと難しいわね』

壜の蓋を開けるのも、茶葉からハーブティを淹れるのも、マーシャ一人では無理となると……

『……どうすんのさ？』

『心配ご無用♪　あたしたちがどうやって、酒樽《さかだる》の酒を飲んでたと思うの？』

『……あれ？　そういえば？』

——密封してある酒樽《さかだる》から酒を盗み飲むという、金庫破りのようなスキルを持っているのだそうだ。空間魔法の一種だろうか。

『だ・か・ら——壜だろうと瓶だろうと樽だろうと、密封した容器に入れたままで構わないのよ』

とりあえず、留守中のマーシャの食糧事情は問題無いようだ。

第十三章　僕の村は最上だった？

1．エンド村からの迎え

　エンド村からの使いがユーリの許を訪れたのは、八月も終わりに差し掛かろうかという日の事だった。使いは三人、前回もここを訪れたオーデル老人と孫娘のドナ、そして若い男がもう一人。

　石塀に目を瞠《みは》りつつもユーリの方に微妙な視線を向け、更にはドナをチラチラと横目で見ている様子を見て、あぁ、ドナに思し召しがあるんだな、それで僕《ユーリ》の事が気になって、護衛を兼ねて蹤《つ》いて来たってとこか、青春だなぁ……などと歳に――いや、中身は享年三十七のオッサンなのだが、少なくとも今の外見に――似合わぬ感想を抱いて、生温かい視線を向けるユーリ。視線を向けられた側はというと……ドナは不思議そうに、若い男は何か居心地悪そうに、オーデル老人は悟ったようにうんうんと頷いている。

「ようこそ。オーデルさんたちがお見えという事は、商人の来る日が近いという事ですか？」

「そういう事じゃ。急《せ》かすようで悪いが、ユーリ君の方は準備できておるかね？」

「大丈夫です。収穫はあらかた終わっていますし、残りは戻ってからでも充分間に合います」

　まぁとにかく中へと言いながら、ユーリは三人を村へと迎え入れる。オーデル老人とドナは二度目とあって――少なくとも表面上は――落ち着いたものだが、初めて来た若い男の方は目が飛び出さんばかりに仰天していた。……まぁ、危険地帯にある、整然とした、廃村に、子どもが、唯一人で住んでいて、これだけの畑を、独力で、維持しているのだ。……驚かない方がどうかしている。

半分魂が抜けかかった様子の若い男と二人の客を引き連れて、ユーリは自宅に舞い戻る。前回と同様に冷たい水と――二人が期待しているようなので――メープルシロップをかけたリコラの白玉団子を振る舞う。嬉々として舌鼓を打っている二人と、新たな驚きに声も出ない様子の男を代わる眺めて、ユーリは二人に問いかける。

「……それで、こちらの方は……？」

思えば当然のその台詞を聞いて、紹介がまだだった事――と言うか、紹介をほっぽって白玉団子に没頭していた事――に思い至り、些《いささ》かばつの悪い様子で改めて紹介に移る二人。

「おぉ……そうじゃった。こっちは儂らの村の若い衆でな、オッタという。今日は護衛と荷物持ちを兼ねて来てもらった」

老人に紹介された若い男……オッタは、どぅも、と口の中でもごもごと答えた。あまり口数の多いタイプではないらしい様子に、ややコミュ障気味の自覚を持つユーリは寧ろ親近感を抱く。

「ユーリといいます。今後ともよろしくご高配を」

「あ、あぁ……どうも……」

ユーリの様子を見て当面ライバルにはならないと見て取ったのか、それとも度肝を抜かれ過ぎて心が折れたのかは判らないが、最初に感じたような警戒の気配は消えている。今はそれで充分だと考えていたユーリに、今度はオーデル老人が声をかける。

「それで？　ユーリ君の荷物はどこじゃね？　オッタに運んでもらうつもりで来たんじゃが」

なるほど、オッタが空《から》の背負子《しょいこ》を背負って来たのはそういう事か。子ども一人に運べる量は高が知れていると思い、少しでも多くの食糧を提供してもらおうと連れて来たのだろう。しかし……

「あぁ、大丈夫です。この中に入っていますから」

そう言ってユーリが見せたのは、片手に乗るほどの小さな革袋である。村の跡地で見つけたマジックバッグをユーリが修理したものなのだが、一見しただけではそうとは判らないだろう。

案の定、三人は揃って訝しげな目を向けた。

「「「その中？」」」

2. 放出品

ユーリが取り出して見せたマジックバッグであるが、最初に村跡——ユーリの村よりも更に古い村落跡——で見つけた時には、魔力切れで使えない状態であった。魔石を新しいものに取り替えるか、或いは魔力を充填《じゅうてん》すれば使えたのであるが、どうせならユーリには試してみたい事があった。

切っ掛けは、ユーリが【田舎暮らし指南】の本質——統合スキルで複数の下位スキルを傘下に持つ——に気付いた時に遡る。【調薬（初歩）】【錬金術（初歩）】【鍛冶（初歩）】などに混じって、ユーリの目を引いたスキルがあった。

——【魔道具作製（初歩）】

未解放であるらしくグレー表示になってはいたが、それでもここにそれが載っているという事は、修練次第で魔道具の作製が——初歩だけとは言え——可能になるという事である。中二病的世界《けんとまほうの》で中二病《ファンタジー》を楽しんでいる、ユーリの琴線に触れないわけが無かった。

……尤も、この地で生き抜くためには魔法だけでなく、魔道具の作り方まで習得する必要がある――勿論ユーリの誤解――のかと思うと、些か薄ら寒い思いを禁じ得なかったのも事実であるが。

それはともかく、魔道具の作製が射程に入っているのを知った以上、そのスキルを手に入れたくなるのが人情というもの。凡《およ》そこの世界のスキルというものは、コツコツと修練を重ねた技術に宿る神様からの補正のようなものだ。言い換えるとスキルを得るためには、まず自力でその技術に挑んで身に付ける必要がある。

ただしユーリの場合、【田舎暮らし指南】に含まれている事で、半ば修得を約束されたようなものである。挑戦のハードルは低かった。況《ま》してお誂《あつら》え向きに、半ば壊れた魔道具《マジックバッグ》が手に入ったのだ。

結論から言えば、ユーリは持ち帰ったマジックバッグを散々鑑定した挙げ句に、あれやこれやの試行錯誤を繰り返してみたのである。その甲斐あってか、丸一日マジックバッグに取り組んでいたら、【魔道具作製（初歩）】のスキルを得る事ができていた。そしてそのスキルを早速使って、ユーリはそのマジックバッグの容量を拡張しておいたのである……状況が許す限界まで。

「その中って……そんな小さな袋に入るくらいじゃ……」

「いや、待った。……ユーリ君……それは……マジックバッグかね？」

さすがに老練なオーデル老人は、革袋の正体に気付いたようであった。

「えぇ。祖父の遺品です」

その一言で入手先についての詮索《せんさく》を封じて――ありがとう、見知らぬ祖父よ――ユーリは袋に手を入れると、その中から穀物の入った甕《かめ》――革袋には到底入らない筈のサイズ――を取り出してみせる。こういう場合は麻袋か俵に入れるのが定番なのだろうが、布はユーリにとって貴重品であるし、藁にしても俵に編むほどの余裕も無ければ時間も無い。そもそも麦藁は節があるため、稲藁に較べて加工するのが面倒なのだ。土魔法で甕を作るのが、ユーリの場合は一番早いのであった。

そして――その様子を見て驚愕の余り声も無い三人。ユーリには色々と驚かされっ放しであったが、まだまだ驚きが足りなかったようだ。

そんな三人を横目で見ながら、ユーリは売却予定の品々を並べてみせる。ちなみに、ソバは今回出していない。他の作物に較べると収量の低いソバは、ユーリ本人が蕎麦《そば》好きなのと、痩《や》せ地で育つソバという手札を残しておきたいという理由から一部の畑で栽培しているだけなので、放出するほどの在庫が無いのであった。

「……こんなところを考えているんですけど……どうでしょうか？」

問われてオーデル老人は、改めて並んだ品々を検分《けんぶん》する。小麦と裸麦、それにソヤ豆と芋が大甕に四つずつ。大甕一つ分が大体五十キロくらいの量だろうか。前回来た時も思ったが、どれもこれも品質は良い。

あの畑の規模からすると、もう少し貯め込んでいそうな気もするが……畑があそこまで広がったのは最近の事なのかもしれぬ。最初の頃はかつかつだったろうし。何より彼がこの地へ来てからまだ五年だ。このくらいが限度なのかもしれぬ。

それらとは別に、塩が小さめの瓶に一つあるのは、恐らく岩塩を掘ったのだろう。

あとは干し肉が……

「……ユーリ君……この……干し肉なんじゃが……」

「あ、猪の干し肉です。熊とかだと少し癖があるし、嫌がる人もいるかもしれませんから」

「……熊も狩ってるんだ……」

「……いいのかね？　こんなに出してもらっても」

「えぇ。一頭分くらいなら、入手も然して手間ではありませんから」

「「……一頭分？　……これが？」」

どう見ても並の猪二頭分を優に超えそうな量なのだが……。

「畑のある事に気付いたのか、この辺りはちょくちょく出るんですよ。まぁ、馬鹿みたいに突っ掛かってくるだけなんで、罠に嵌めてやれば、狩るのはそう難しくありませんから」

「「難しくないんだ……」」

明らかに普通ではありえないサイズの〝猪《たぶんまじゅう》〟を、然《さ》して〝手間でもなく〟狩るという子ども。危険な感じは少しもしないが、自分たちとは色々と――特に、常識と言うか基本的な認識などが――違い過ぎる少年を見て、今後の付き合いが難しくなりそうな予感を抱く三人であった。

3.　エンド村

三人の道案内で、僕はエンド村へと足を向けた。この世界に転生させてもらってから初めて、つまりは生まれて初めての「他所《よそ》の村」だ。ボロを出さないように注意しないと。【ステータスボード】をはじめとするスキル類は、戻って来るまでは封印しておいた方が良いだろう。

エンド村までは徒歩で四時間くらいかかるらしい。オッタさんや僕だけならもっと早く着くんだろうけど、連れがお年寄りと女の子だから、無理に急ぐ事もできない。まぁ、ピクニックのつもりでのんびり行こう。

……などと考えているユーリだが、その自分こそが一行の中で一番の「子ども」だという事実には気付いていない。尤も他の三人も、ユーリを子ども扱いしようなんて気は、とうに失せているのだが。

もうそろそろエンド村が近いというところで、ユーリがそれに気付く。

「……あの、オーデルさん、野蒜《のびる》……いえ、ハイラがかなり生えてるようですけど、誰も採らないんですか？」

「うん？　……それはリコラではないのかね？」

「似てはいるけど違いますよ。ハイラといって毒はありません。根も葉も一年中食べられますよ」

驚いた様子の三人に事情を訊いてみると、以前は採っていた者もいたらしいが、間違えてリコラを食べて中毒した者が出てからは、恐れて食べないようになったらしい。確かに前世の日本でも、ノビルと間違えてヒガンバナを食べて中毒する事例が多かった。世界は違えど同じような誤食事故が、ここでも起きているらしい。

ともあれユーリはハイラを採集し、見分け方のコツを教えておく。使い勝手の良い野草だし、いくつかは村内に植えておいてもいいだろう。

＊＊＊

「ここが、エンド村……」

「そうよ。ユーリ君、エンド村へようこそ」

見たところ、村の規模はユーリの廃村よりずっと大きい。軒数も多いが、何よりも一軒当たりの耕作地が広い。……と言うか、実はユーリの廃村が、平均よりもずっと小規模なのである。

元々ユーリの廃村は、岩塩採掘用の拠点として造られた。従って普通の村とは違い、年貢分の作物を作る必要が無い。年貢は岩塩の物納で賄《まかな》っていたのだ。自給分だけを作ればいいなら、耕地面積は半分以下で事足りる。入植した戸数もエンド村より少なかったため、廃村の規模はエンド村の三分の一程度しかなかったのだ。まぁ、その広さでもユーリ一人で維持するのは一苦労なのだが。

ユーリの廃村の三倍近い規模を誇る——いや、平均的に見れば決して大きくはないのだが——エンド村の周囲は、二重の柵に囲まれていた。仮に野獣が外の柵を破っても、内側の柵を破らなければ、間に閉じ込められるだけである。動きを妨げられた野獣なら、狩るのも然して難しくはない。

（……なるほど。能《よ》く考えてるなぁ……）

ユーリは感心する事頻《しき》りだが、実はこれ、こちらの農村のスタンダードな形態であったりする。感心しているユーリを連れて、オーデル老人が村を案内してくれる。ユーリが説明を受けた限りでは、この世界の……と言うか、少なくともエンド村の農業は、かなり生産性が低いようだった。ただしそれには、こちらの……フォア世界の農業が遅れているのだとは、一口に言い切れない部分があった。魔獣の存在である。

ここフォア世界では、山野に跋扈《ばっこ》する魔獣のために、郊外の村々は強いストレスに曝《さら》されている。魔素の豊富な山林に近づき過ぎると、魔獣の活動領域に踏み込む事になり、結果として村が魔獣の襲撃を受けるのである。従って、山林付近での放牧や採集は著しく制限されている。木材などは、領主が領軍を率いて安全を確保した状態で一気に大量に伐る事で、どうにか需要を満たしているのが実情であった。その場合も、森の深い部分に踏み込む事は避けるのだが。

そんな状況なので、多数の家畜を放牧するなどは夢のまた夢。それどころか、魔素の濃い郊外で下手に家畜を殖やそうものなら、好い狩り場とばかりに魔獣を呼び込む事になりかねない。家畜の存在を基本としたヨーロッパ式の農業は、この世界の田舎では成立しようがなかったのである。

山から腐葉土を採ってくる事もできず、小数の家畜の糞だけでは肥料には足りずで、いきおい人糞の肥料化が進む事になった。尾籠な話で恐縮である。ともあれ、そうやって肥料の確保に努めたものの、耕地面積からすればそんなものは焼け石に水であった。何しろ貧農と目される者たちですら、三ヘクタール程度の畑を維持している例は珍しくないのだ。


「……という事で、痩せた土地は一年以上休ませる必要があったんじゃが、ユーリ君がくれたソヤ豆のお蔭《かげ》で、事態が好転しそうな気配なんじゃよ」

「……はい？」

ユーリが豆の種子を分けたのは、つい先月の事である。いくら何でもそんなに早く成果は上がるまいと訝《いぶか》っていたのだが……

「いや、痩せた筈の土地でもソヤ豆は青々と茂っておる。と、いう事はじゃ、少なくとも収穫後のソヤ豆の葉や茎を肥やしとしてすき込めば、土の状態は改善される理屈じゃ」

他の草ではこうはいかん――と力説するのをみると、緑肥を試してみようとした者はいたらしい。

ただ、すき込もうにもショボい草しか生えなかったのだという。

「今はソヤ豆を殖やす事を第一に考えておる。上手くいけば土地を休ませるのは一年くらいで済むかもしれん。そうすれば、耕せる畑は一気に増える」

働き手の方はどうするのだろう——という疑問が一瞬ユーリの頭をかすめたが、それはこの村の問題だと考え直す。何にせよ耕作地が増えるのは良い事だ。

「それに、ユーリ君に教わった草も好い具合でな。山羊《やぎ》たちも喜んでおる」

ユーリは資源探索の過程で偶々《たまたま》ウマゴヤシに似た草を見つけており、これを緑肥として栽培化していた。地球のウマゴヤシと同様に根粒菌を共生させて空中窒素の固定を行なうため、緑肥としても優れている。また、「馬肥やし」の名が示すとおりに、飼料作物としても優秀であった。

ユーリ本人は飼料として利用する機会は無かったが、エンド村の周辺にも生えているということの草を、休耕中の緑肥兼飼料として使う事を提案しておいたのである。

尤も、山羊たちが盛んに食べるために、緑肥に使う分が心細くなっているそうであるが。村の者たちがせっせと付近から集めては植え付けているらしい。

——そう、この村では山羊を飼っているのであった。

＊＊＊

前にも述べたように、田舎《いなか》で大規模な牧畜などやらかそうものなら、好き餌場とばかりに魔獣どもがやりたい放題という事になる。だがしかし、小規模な飼育であればその限りではない。ならば小規模な飼育でなおかつ利益の上がるものを――と考えた開拓農民たちが思い至ったのが、高品質の獣毛が採れる種類の山羊であった。地球世界でもアンゴラヤギやカシミアヤギのような例があるが、ここフォア世界でも同様の品種が存在している。一介の開拓村で飼育するには不相応な代物だが、幸いに領主がものの解った、しかも進取の気性に富む人物であったので、村民たちの希望は叶えられる事になった。幸運にもこの賭は吉と出て、高品質の獣毛を売った代金で村人たちの生活を向上させる事ができた。ここエンド村は、同規模の開拓村の中では恵まれているのである。

――そう思っていた。……ユーリの廃村を見るまでは。

そんなドナの複雑な感情など気付きもせず、ユーリは初めて見る外部の村に目を輝かせている。そこだけ見れば年相応の普通の子どもである。

「この村って、山羊を飼ってるんですね」

「うむ。少数を飼う程度なら、魔獣を引き付ける事もそう無いしの。少数でそれなりの利益を生む家畜という事で、アミールヤギを飼っておるわけじゃ」

「アミールヤギ……ですか？」

「ユーリ君は知らんかの？　柔らかで艶のある毛を持っておって、その毛は高く売れるのじゃよ」

「ははぁ……」

ユーリ自身は家畜の飼育まで手が回らないが、前世の世界でアンゴラヤギだのカシミアヤギだのが毛を採るために飼育されていた事は知っている。また、魔獣の毛を紡いで毛織物を作る事もやっている。なので、オーデル老人の説明はすとんと腑《ふ》に落ちた。

ユーリも家畜の事は考えないでもなかったが、今回のように村を離れる事があるなら、世話の問題が浮上してくる。何しろ現状ユーリの村には、彼一人しか住民はいないのだ。手軽に布の材料が手に入るのは魅力だが、ユーリの場合は諦めるしかない。尤も、エンド村でも日用の布は、交易などで手に入れているようだ。アミールヤギの毛織物は、普段使いには贅沢過ぎるらしい。

「山羊だと、ミルクとか糞とかも利用してるんですか？」

「いや、そちらはあまり期待できんの。乳を出すのは子どもを育てている間だけじゃし、保存も難しいでの。糞の方も、全部の畑に行き渡るほどの量ではないしの」

「あれ……？　チーズとかには加工しないんですか？」

「いや。チーズを作るには仔牛の胃が必要じゃろう？　こんな小さな村でそんな贅沢はできんよ」

「え？　別に凝乳酵素《レンネット》を使わなくても、チーズは作れますよね？」

「何じゃと？」

前世のヨーロッパでは凝乳酵素《レンネット》――仔牛の胃から採れる――を使ったチーズが主流であったが、他の地域では酸や植物性の酵素を使ってミルクを凝固させたチーズも作られていた。その事を知っていたがゆえのユーリの疑問であったが、どうやらこちらの世界では――或いはこの国では――そういったチーズの製法は知られていなかったようで……

「ふぅむ……酢で固めるとはのぅ……」

「もわっとしたものを布とかで濾《こ》してから纏《まと》めてやると、一応チーズになるんですよ。食べ慣れたチーズとは少し違うかもしれませんけど」

酸による凝乳法を教えていると、興味を抱いたらしい村人たちがわらわらと集まって来た。食べ物はいつでもどこでも関心の的なのだなぁと、妙なところに感心するユーリ。そのまま流れで食物談義と相成った。

「……あぁ、こちらではパン焼き窯《がま》があるんですね。羨ましいなぁ」

「ユーリ君のところではパンは焼かんのかね？」

「なぜか窯《かま》が無いんですよ、うちの村。まぁ、一人分なんで自宅で焼いてもいいんでしょうけど、家《うち》の竈《かまど》だと上手く焼けないんですよね。食事の度に他の家に出向くのも面倒なので」

前世が日本人であったためか、あまりパン食に拘《こだわ》りの無いユーリは、専《もっぱ》ら麺《めん》類や水団《すいとん》、挽き割り麦の粥などを主食にしていた。米があったら何としてでも確保したであろうが、ざっと見た限りではエンド村でも米は作っていないようだ。ユーリにとって今度のローレンセン行きは、米に関する情報を探るという意味合いも持っている。

「ふむ……ひょっとして、ユーリ君が食べておるのは、あのリコラの団子かね？」

「あ、はい。それも食べますね。今は麦の方が多いですけど」

リコラやダグ、シカの澱粉も、依然として日常の食卓に上っている。そう述べると、なぜか村人たちが身を乗り出した。

「？」

「いや、のぅ……村の衆にリコラの団子の事を話したら……その……」

どうも、ドナがリコラの団子の事を自慢たらたら触れ廻ったらしい。そのせいでリコラの澱粉に対する村人たちの関心が、予想以上に高まったようだ。

「……オーデルさんに言われたとおり、見本に少しばかり持って来ましたけど……」

何しろ原料は有毒植物である。確《しっか》り毒抜きしているとは言え、何かあったら一大事。持ち出す予定は無かったのだが、オーデル老人から村のみんなに教えてほしいと乞われて、見本に少しだけ持って来たのである。

説明用のリコラの根を見せて、毒抜きの方法を詳しく説明する。この世界のリコラは、前世日本のヒガンバナとは違って種子でも殖える。言い換えると、遺伝に伴い毒の強弱も変化する可能性がある。なので毒抜きは確りやるように、口を酸っぱくして強調しておく。尤も、運が悪いと死ぬと脅かしたため、村人たちの意欲は――実際に団子を食した三人を除いて――大分《だいぶ》薄れてきたようだ。

リコラに代わって村人たちが興味を示したのが、ダグやシカなどのドングリである。こちらもリコラ同様にアク抜きできる上、量を確保するのが楽だという事、何よりアク抜きに失敗しても死にはしないということが、村人たちのハートを掴んだらしい。幸いこれらのドングリは、村の近くにも生えている。先月のうちにオーデル老人から話を聞いた気の早い数名の村人が、まだ青いそれらのドングリを水晒《みずさら》ししたものを試食して、好感触を得たらしい。

「生垣みたいにして栽培しても好いかもしれませんね。落ち葉なんかは肥料にも使えますし、日除《ひよ》けや風除けにもなるんじゃないですか？」

「なるほどのぅ……一朝一夕にとはいかんが、長い目で見ると益が多そうじゃな」

その他ユーリは問われるままに、山野の幸の利用法から、自然農法・益虫という概念・コンパニオンプランツ・肥料の三要素などの事を話していく。それらの多くは、長年農業に携わってきた村人たちにとっても耳新しい知識であった。半信半疑の者も多かったが、何しろオーデル老人をはじめとする三人が、実際にユーリの畑を目にしている。なので、村人たちの態度も次第に熱が入ってきた。ユーリの教える内容はかなり高度な技術だが、いくつか試してみるのもいいだろう。

そんな感じでユーリの講義を聞いていると、やがて村の一角が騒がしくなった。

「ふむ、どうやら商隊《キャラバン》が着いたようじゃな」

商隊と言われてそちらを向いた――少し背伸びする必要があった――ユーリが目にしたのは、なるほど確かにキャラバンと言うに充分な馬車の列であった。言っては悪いが、こんな僻地の村に来るのに、馬車が四台というのは多過ぎはしないか？

「なに、馬車の一つは商人と護衛が乗る分じゃよ。それを除けば三台じゃが、普段ならここまで多くはないのぅ。……町の食糧不足は、思ったより深刻なようじゃな」

商人に預ける作物の中には、隣の町で代官に渡す年貢の分も含まれるのだそうだが、それを抜きにしてもかなりな量を買い出しに来たようだ。もう少し持って来た方が良かっただろうかと、少しばかり顔を顰《しか》めるユーリ。

「いやいや、自分が飢える危険を冒してまで、食べ物を渡す必要は無いわい。それは儂らとて同じじゃからな」

そう言ってくれるオーデル老人であったが、実はユーリの【収納】の中には、ユーリ一人なら数年食べていけるだけの食糧が確保してある――と、聞いたらどういう顔をするだろうか。そう考えると少しばかりきまりが悪い。次回があったらもう少し供出量を増やす事にしよう。

やがて馬車から降りたところを見ると、一際仕立ての良い――少なくとも良さそうに見える――服を着こなした男が商人なのだろう。短めに切り揃えた髪を綺麗に撫で付けている。その周りを囲むようにしているのが、商隊《キャラバン》の護衛を請け負った冒険者だろう。リーダーと覚《おぼ》しき男ともう一人は人間……こっちの世界の言い方に従うなら「人族」であるが、もう一人の男はどうやら獣人と呼ばれる種族のようだ。そして……残る二人の女性はハーフエルフの弓使いと魔術師らしい。

後で聞くと、髪をポニーテールに纏めた、いかにもエルフの狩人といった出で立ちの方が弓使いのダリア、雰囲気のあるローブを纏っているのが魔術師のカトラというそうだ。前世のラノベでは散々読んだが、実物は初めて見るハーフエルフ。しかも一人は練達の魔術師――註．ユーリ視点――とあって、ユーリのテンションは大いに上がっていたが、それを表に出さない程度のマナーは弁えていた。どうせ町までの道中は一緒なのだ。いずれ話す機会もあるだろう。

＊＊＊

その晩、例年どおり――今年は少し規模が大きいが――村を訪れた商隊《キャラバン》とユーリをもてなすため、エンド村ではささやかな宴会が開かれた。辞退しようとしたユーリであったが、歓迎というのはお題目に過ぎず、要は村の連中が騒ぐための名分だと聞いて、素直に歓迎を受ける事にした。どのみちユーリが辞退したところで、名目が商人単独の歓迎会に変わるだけだ。

そんなこんなで開かれた歓迎の宴もたけなわとなった頃、ユーリはアドンという商人と話していた。プチ・コミュ障を自認するユーリにとって、本来初対面の相手との会話は荷が重い。大勢で食い付かんばかりに話しかけてきた村人たちを相手にした時も、内心では引き気味であったのだ。幸い、すぐにそれと察したオーデル老人が間に入ってくれたため、無様な真似には至らなかったが。

ただ、このアドンという商人はその辺りの応対が堂に入っており、引き籠もり気質のユーリでも無理なく話をする事ができた。なるほど、商人というのは凄いものだと、ユーリは感心する事頻りである。首尾良く話が纏まったため、ユーリは明日、アドンというこの商人に同行して町へ行く事になっている。気安く話せる相手なのは幸いだった。

「……それにしても……能《よ》く、こんなものが手に入ったね……」

呆れたような声音《こわ》を漏らしてアドンが検分しているのは、ユーリが持ち込んだ毛皮である。オーデル老人に入れ知恵されて、換金用にといくつか持参したものだ。その中で一際《ひときわ》巨大な毛皮は、ギャンビットグリズリーという熊系の魔獣のものである。大き過ぎて持て余していたものを、ちょうど好い機会だと持ち込んだのだが――

「……すまん、ユーリってったか？　こんな化け物をどうやって仕留めたんだ？　特にこのギャンビットグリズリーってのは、俺たちのようなC級パーティでもきつい相手なんだが？」

アドンを護衛してここまでやって来た冒険者に、どうやって狩ったのかと訊かれる事になった。まぁ、年端《としは》もいかない子どもが一人でこんな魔獣を仕留めたと聞けば、不審と関心を抱かない方がおかしいだろう。子どもといえども不意討ちや罠、毒などを使えば、或いは狩る事も可能なのかもしれない。もしもそうなら、その手順は是非とも――たとえその一端なりとも――知っておきたい。そう考えての質問であったが……

「あぁ、猪とかは馬鹿正直に突っ掛かって来るだけですから、割と狩り易いんですよ。熊も……猪ほどじゃありませんけど、まぁ単純な相手ですし」

――いや、他の熊系の魔獣はともかく、ギャンビットグリズリーは決して「単純な」相手ではない。物陰に隠れての奇襲どころか、他の野獣や魔獣を嗾《けしか》けて気を逸らせたり、態《わざ》と足場の悪い場所に追い込むなどして、生じた隙を衝《つ》いて襲いかかる事も珍しくない。その狡猾《こうかつ》で悪辣な性質から、策略《ギャンビット》を弄するグリズリーと呼ばれているのだ。

「あ〜……そういうのを相手にする時は、隠れてやり過ごすとか、不意を衝くとかしてますから」

「いや、そう簡単に隠れたり不意を衝いたりできる相手じゃねぇぞ？」

「そりゃ、僕だって命懸けで隠れてますから」

まぁ、少年《ユーリ》の言う事も解らないではない。ただの猪ならともかくも、ギャンビットグリズリーなど手練《てだ》れの冒険者だってソロで出遭いたくはない相手だ。況して彼のような子どもなど、見つかれば即座に餌にされて終わりだろう。命懸けになるのも無理はない。しかし、だとしても……

「まぁ、余計な詮索はしないのが冒険者の仁義だ。ただな、遣り口はどうあれ、こんな魔獣を一人で狩ったなんて事が明るみに出たら、目立つのは避けられんぞ？　その覚悟はできてるか？」

「え〜？　……いえ、僕の村辺りに出て来るのは、経験の浅い若い個体ばかりのようですし……」

「若かろうが年食ってようが関係あるか。ギャンビットグリズリーともなりゃ、最低でも危険度はランクC＋、ものによっちゃランクBまでいくんだからな」

目立ちたくないユーリとしては、実にありがたくない話だ。しかし、ギャンビットグリズリーが元凶だというなら、それを放出しなければいいわけで……

――などと考え込んでいると、どうやってかそれを察したらしい商人《アドン》が焦ったように話に割り込む。余計な事を口走った冒険者――クドルという名で、冒険者パーティのリーダー――を、横目でじろりと睨《にら》みながら。

「いや、その点は大丈夫。出所を隠して売りに出す事も、我々の業界では珍しくないからね。そんな事よりもユーリ君、ギャンビットグリズリーを狩ったのなら、毛皮以外にも色々と採れた素材があるのではないかね？」

「素材ですか？」

肉や内臓は既に美味しく戴いた。残っているのは、薬用にしようと思って保管している胆囊《たんのう》――別名、熊《くま》の胆《い》――と骨ぐらいだ。骨は骨粉にするつもりで取ってあるのだが……

「――ちょっと待ったぁっ！」

「肥料にするって……本気なの……？」

「何て勿体ない事を……ギャンビットグリズリーの骨ともなると、色々な素材に使えるんだよ」

「え？　出汁《だし》を取る以外にですか？」

呆気にとられたユーリの発言を聞いて、それ以上に呆気にとられ……その後で悲鳴を上げる商人と冒険者たち。

「待て待て待て待てっ!!」

「ま、まさか……スープにした……なんて……？」

「いえ、まだ出汁《だし》は取ってませんけど……？」

――というユーリの言葉に、脱力しつつ安堵の溜息を吐《つ》く一同。金貨数枚から十数枚が動きかねないギャンビットグリズリーの骨格。それがあわや出汁《だし》だの骨粉だのにされかかっていたのだ。そんな暴挙を防ぎ得たというだけで、渾身《こんしん》の大仕事をしてのけたような気になる。

——そんな冒険者と商人たちの反応を、少し引き気味に遠巻きにしつつも、高みの見物と洒落《しゃれ》込んでいる村人たち。望外の一幕芝居まで見られるとは、今年の宴は中々のものだ。

「と……とにかくユーリ君、ギャンビットグリズリーの骨は、まだ自宅に保管してあるのかね？」

オロオロというか恐る恐るというか、とにかくただならぬ様子のアドンを見て、これは引き渡した方が無難だろうかと考え込むユーリ。どうせ【収納】してあるのだから、出すのはいつでも出せるのだが……

「え～と……あぁ、そういえば、偶々《たまたま》マジックバッグに仕舞い込んでいましたね」

「是非っ！　売ってくれたまえっ！　代金は向こうに着いたら支払うからっ！」

「え、え～と……まぁ、骨くらいなら構いませんけど……」

ユーリの承諾に胸を撫で下ろしつつも、〝骨くらい〟という一語を聞き逃さなかったあたり、アドンもさすがに凡庸な商人ではなかった。

「ユーリ君、〝骨くらい〟と言うと……ひょっとして、胆嚢とかも取ってあるのかね？」

「え？　そりゃ、薬の材料になりますし。ギャンビットグリズリーの熊の胆は、他のものに較べて効果が高いらしいですから」

「ね、ねぇユーリ君、それって、薬を作って売るの？」

「まさか。自家用に決まってますよ。うちみたいな僻地だと、薬用素材を他所へ廻すような余裕はないです」

——そう謝絶したユーリであったが、実のところギャンビットグリズリーの下位互換であるモノコーンベアやスラストボアの胆嚢は、備蓄が余り気味になっている。その上に元来ユーリは健康で、あまり薬を使わない。なのに【調薬（初歩）】の練習を兼ねて、ポーションを作り続けているので、それらは余りまくった状態にある。なので、上位互換とは言えギャンビットグリズリーの胆嚢を確保しておく必要性は、それほど高くないのである。

そういう内心を見抜いたのか、アドンの攻勢は執拗を極めた。薬の類が必要なら、ローレンセンの薬剤店で買い求めればいいではないか。毛皮と骨の他に胆嚢まで売れば、大抵の薬は余裕で購入できる筈だ。何なら紹介状を書くとまで言われると、ユーリの心もぐらついてくる。持ち合わせていないと言い抜けようかとも思ったが、そんな高級素材を家に放置する筈がない、マジックバッグに入っている筈だと先手を打たれては説得力に欠ける。オーデル老人の方は、あんなところへ盗みに入るような剛の者はおるまいと内心で思っているが、旧友の商談に水を差す気はないので黙っている。結果として、ユーリはギャンビットグリズリーの胆嚢を提供する羽目になったのだが、話はそれだけでは済まず……

「ユーリ君、他に出せるものはないかね？　この際だ。どうかと思うものであっても、マジックバッグに入っているなら見せてもらえないだろうか？」

そう言われると、確かにこの際、処分に困っているものは押し付けた方が良いような気もしてくる。既にギャンビットグリズリーの素材を提供した後なんだから、無難そうなものを少々追加で出しても問題はあるまい。

という、第三者からみると大いに疑わしげな結論の下《もと》、ユーリがマジックバッグ――実際には【収納】――から取り出したのは……

「おぉう……こりゃまた、随分と長い……」

「はて、これは……朽ちた木の心材かの？」

「これが心材って……元はどれだけ大きい木だったのよ……」

何しろ心材とは言っても、直径で二十五センチ以上、長さは十メートル以上ある代物である。元の木が大木だったので高さも五十メートル以上あったのだが、途中で折れていたのを、それでも長過ぎるとして三等分に切断した、その一本だけを試しに提出したのである。

「ご覧のとおりそこそこの太さがありますし、丈夫そうなので柱にしようかと……」

「冗談じゃない！」

怒鳴りつけんばかりのアドンの剣幕に一同唖然《あぜん》とするが、当のアドンはすぐに恥じ入った様子で詫びを入れた。

「……ユーリ君、よければこれも、当商会に扱わせてはもらえないだろうか？」

「あ、はい。僕は構いませんけど……」

ここでユーリはふと疑問に思う。農作物に対するオーデル老人の反応といい、素材に対するアドンの反応といい……ひょっとして、自分は思ったよりも豊かな生活をしているのか……？

そう気付いてしまった時点で、村を出るという選択肢が消滅する。今のままでそれなりに豊かな暮らしができるのなら、自給できないものの入手を考えた方が前向きだろう。オーデル老人とアドンの反応を見るに、農作物や素材を対価としての交易もしくは購入は可能だろう。あとは……広く浅くでいいから、技術を修得もしくは底上げしておく方が良いか。

そうすると、今回アドンに蹤《つ》いて町へ行くというのは、図らずも最善手であったのか……

――などと考えていたユーリであったが、ふと気が付くと村人たちが近寄ってきている。商人たちとの遣り取り――漫才とも言う――から、再びユーリに対する興味を掻き立てられたらしい。

彼らの関心は第一に、魔獣が跳梁跋扈する魔の山などに、何を好んで住み着いているのかという点に集中した。

「なぜと言われても……屋根があって、井戸があって畑があって……これ以上は無い場所のように思えましたし……」

しかし魔獣が怖ろしくはないのか――との質問が出かかるのを、機先を制してユーリが言うには、

「それに……今となっては、祖父との思い出の土地ですし……あと、祖父以外の人に会うのが、少し……怖かったので……」

恥じらうように俯《うつむ》き加減に、そして少しだけ哀しげに言葉を紡ぐと、数名の女たちが目頭を押さえて顔を背《そむ》ける。

……我ながらあざといなぁ――と、享年三十七の去来笑有理《いさらいゆうり》は思うのであった。

斯くのごとく人情に訴えてそれ以上の追及は封じたものの、この国の名――リヴァレーン王国という――を知らないと白状した時には、さすがに全員から呆れられた。

「子どもの頃は何も解らずに、祖父に蹤《つ》いて行くだけでしたから……」

そう言って納得してもらったユーリであったが、

(……自分が段々ヨゴレていくような気がするな……)

一人密かに落ち込むのであった。

エピローグ　楽しいハン行

1．出発

翌日の早朝、ユーリたちは最寄りの町——ハンという名の宿場町——へ向けて出発の用意をしていた。早朝に発てば、日暮れ前に目的の町へ着く事ができるのだという。

「こんなに魔素が強いところで野宿なんか御免だからな」

というのが、護衛に付いている冒険者パーティ「幸運の足音」のリーダー、クドルの説明であった。ここより〝魔素が強いところ〟に住んでいるユーリとしては、曖昧《あいまい》な笑いで誤魔化すしかない。

まぁ、野宿は御免というのには同意できるが。

「今年は魔獣どもの動きが活溌みたいだが……ま、大丈夫だろう」

勇ましからぬ名前に似ず、「幸運の足音」はこれでもCクラスの冒険者パーティであり、護衛だけでなく対魔獣戦闘の経験にも富んでいた。その判断に異を唱えるつもりなど毛頭無いが、ユーリには気に懸《か》かる一語があった。

「魔獣の動き、活溌なんですか？」

山の麓に住んでいるせいか、ユーリにはその辺りの機微が解らない。何しろ魔獣どもはユーリを見るなり襲いかかって来るのだ。そうでないのは明らかにユーリより格下のやつらで、こっちはこそこそと逃げて行くばかり。そんな日常では、行動が活溌かどうかなど判るものではない。

「まぁな。……どうも作物の不出来が影響しているみたいなんだが、詳しいことは判らん……と言うか、断定できんそうだ」

「作柄が……ですか？」

「あぁ。作物と同じく魔獣どもの餌も少ないんだとか、そうじゃなくて田舎へ買い付けに来る馬車が増えたせいなんだとか、色々意見だけはあるみたいだが――な」

「決定的な決め手は無い――と」

「そういう事だ」

一旦議論を打ち切ったクドルであったが、ちらりと視線を傍らに巡らせる。

「今回はお嬢ちゃんも一緒だしな。面倒な事にならなきゃいいんだが」

釣られたように巡らせたユーリの視線の先には、旅支度を整《ととの》えて村人たちと談笑する、ドナとその祖父の姿があった。今回二人もユーリに同行して町へ行くのである。


切っ掛けは昨夜の事であった。ユーリが町へ――ハンの宿場町でなく商都ローレンセンへ――行くのだと聞いたドナが、自分も行ってみたいと言い出したのである。本人としては駄目元で口にしただけのようであったが、これにオーデル老人が、一度くらいは商都を見ておくのも良かろうと同調した。行きはともかく帰りはどうするのか。魔獣どもが跋扈する道を護衛も無しに歩くのは無理だし、護衛を雇うだけの資金など無い。

普段ならそこがネックになるのだが、今回ばかりはユーリ――単身魔の山に住み着くような猛者《もさ》――を当てにできる。話を振ったユーリに快諾を貰えた事から、今回の都行きが実現したのであった。荷主であるアドンから許しを貰えたことも大きかった。初めて都へ行くユーリとしても、知り合いがいた方が気が楽だろうと、アドンがその話に乗ったのである。アドンの中ではユーリは既にVIP扱いであり、彼の好感を得るためならそれくらいは安いものだと考えていたのである。

「今夜はハンの宿場に泊まるんですよね？」

「あぁ、一泊して旦那の用事を済ませるから、翌日の昼頃に出る事になるな」

今回アドンはハンの宿場で為《な》すべき用事があった。納税の代行である。

ハンの町には代官の詰め所……と言うか出張所があり、エンド村ではハンの町まで年貢を運んで──魔獣除けも兼ねて大人数で──行くのが恒例であった。今回はアドンがそれを代行する形になったのである。一部の男たちからは町へ行けないのを──正確には町で騒げないのを──残念がる声も出たが、そこは抜け目の無いアドンの事。仕入れてきた酒を格安で売って宥《なだ》めていた。

（それにしても……思えば遠くへ来たもんだなぁ……）

忙《せわ》しげな中にも手慣れた様子で積み込み作業を続けるアドンの荷馬車隊を眺めながら、ユーリはそんな感興に囚われていた。

日本で勝ち目のない闘病生活を送っていた、そしてその闘いに敗れて死を待つばかりであった自分が、神様のご厚意──多分厚意だと思う──によって、ここフォア世界で新たな人生を与えられた。この山最弱・最底辺の自分でも、神様に戴いた魔法を使う事で、どうにかここまで生き延びてこられたし、色々目新しい体験もできた。

ざっと数え上げただけでも──

（……おっかなびっくりでイノシシを狩って、初めての解体に四苦八苦したっけ。あぁ、その前に小鳥たちと知り合いになれたんだった。【鑑定】先生と【田舎暮らし指南】師匠にもお世話になったなぁ……）

神様から戴いた【鑑定】と【田舎暮らし指南】の二大スキル無かりせば、今日という日まで生き延びる事は難しかっただろう。地元民である小鳥やネズミたちのアドバイスもありがたかった。息の詰まりそうな人付き合いは真っ平だと思っていたが……こうしてみると話し相手が――仮令《たとえ》それが人でなくとも――いたという事は、想像以上に自分のストレスを和らげてくれていたのだと思う。

（……話し相手という意味ではもう一人いたけど、あれは……いや、やっぱり大切な仲間だよね）

ひょんな事から同居人となった酒精霊、彼女には随分と振り回されたような気もするが、それでも――色んな意味で――得難い仲間である事に変わりはない。今回同行してもらえないのは残念だが、彼女の言うのが事実なら、精霊を伴って町へ行くのは色々と物議《ぶつぎ》を醸しそうだ。お互い危ない橋は渡らない方が良いだろう。

（無我夢中でここまでやってきて、甘味料に肉醤、紙と鉛筆、衣料品……どうにか間に合わせのものは揃えたけど……どうせならちゃんとしたものが欲しいよね。……商都ローレンセンかぁ……きっと、色んな品物が目白押しなんだろうなぁ……）

まだ見ぬ商都でどんなものを入手する事ができ、どんな出会いが待っているのか。ユーリは心浮き立つ思いを抑える事ができなかった。

「じゃあ、そろそろ出発するぞ！」

斯くして、ユーリの――この世界における――初めてのお出かけが幕を開けるのであった。

あとがき

初めましての方は初めまして、お見知りおきの方は今後ともよろしく。「小説家になろう」出身の片隅作家、唖鳴蝉《あめいぜん》と申します。

まずはこの本をお手に取って戴き、ありがとうございます。

本書は「小説家になろう」で連載中の「転生者は世間知らず」、その第一部を中心に纏《まと》めたものです。

「なろう」版をお読みの方はご存知でしょうか、本作は「引き籠もり生産パート」と「お騒がせ交流パート」が交互にくるような構成になっています。本書は引き籠もりパートが中心となるわけですが……「なろう」版では登場人物がユーリのみ、偶《たま》に会話を交わす相手は野生の小鳥たち……という、徹底的な引き籠もり展開となっておりました。ほぼ「無人島漂流記」のノリですね。

書籍化に当たって、さすがにコレは拙《まず》いだろうとの判断から、登場人（？）物を一人だけ増やす事にしました。それが表紙を飾っている、酒精霊のマーシャです。

構想の段階では、書籍版に登場するヒロイン（？）枠として他に、①エンド村の住人であるドナの登場シーンを増やす、②ユーリにアルラウネかマンドラゴラを栽培させる、などの案もあったのですが……

①はドナとユーリを絡ませるのを早めるのが難しいという点で、

②は必然的に登場するのが屋外になり、ユーリと絡ませられる場面を増やしにくい上に、冬の間

どうするのかが定まらないという点で、共に没になりました。……まぁ、種子の状態で冬越しするヒロインというのも無いでしょうし、かと言って、鉢植えにしたら動かしづらくなりますし。

代わって浮上してきたのが、精霊を起用するという案でした。精霊なら、魔境・塩辛山に登場させるのも、そう難しくはないだろうという目算もありましたし。

ただ……ヒロイン（？）を何の精霊にするか――これが中々の難問でした。無自覚チートな引き籠もりにして軽いコミュ症気味というユーリの設定に鑑《かんが》みて、も一つついでにストーリーの流れに大きく影響しないという事も考えると、どういった立ち位置にするべきかが難しかったわけです。

思案の挙げ句に、〝お役立ちキャラではなく、何の役にも立たない、ただユーリの傍にいるだけのキャラ〟という方向性は決まったものの……今度は、〝どういった設定にすれば、不自然でなく役立たずのキャラにできるか〟――という問題に頭を悩ませる事になりました。ただ……「酒精霊」という設定が頭に浮かんでからは、割とサクサク決まりましたけどね。

そういった紆余曲折《うよきょくせつ》というか七難八苦というか……まぁ苦労の結果誕生した彼女ですが……ご覧のように、一見したところヒロイン枠のようですが、その実態は……いえ、この先は本編でお楽しみ下さい。

一言だけ申し添えておきますと、ストーリーの展開は「なろう」版の流れをほぼ踏襲しております。なので「なろう」版から来られた方も、戸惑う事無くお読みになれると思います。

それでは、今後とも「転生者は世間知らず」をよろしくお願いします。なお、本作は小説投稿サイト「小説家になろう」でも連載を続けております。

BKブックス

転生者は世間知らず

～特典スキルでスローライフ！
……嵐の中心は静か――って、どういう意味？～

2023年5月20日　初版第一刷発行

著　者　唖鳴蝉《あめいぜん》

イラストレーター　たき

発行人　今 晴美

発行所　株式会社ぶんか社
〒102-8405　東京都千代田区一番町29-6
TEL 03-3222-5150（編集部）
TEL 03-3222-5115（出版営業部）
www.bknet.jp

装　丁　AFTERGLOW

編　集　株式会社 パルプライド

印刷所　大日本印刷株式会社

ISBN978-4-8211-4661-1